小学館文庫

柝の音響く

めおと旅籠繁盛記

千野隆司

小学館

目次

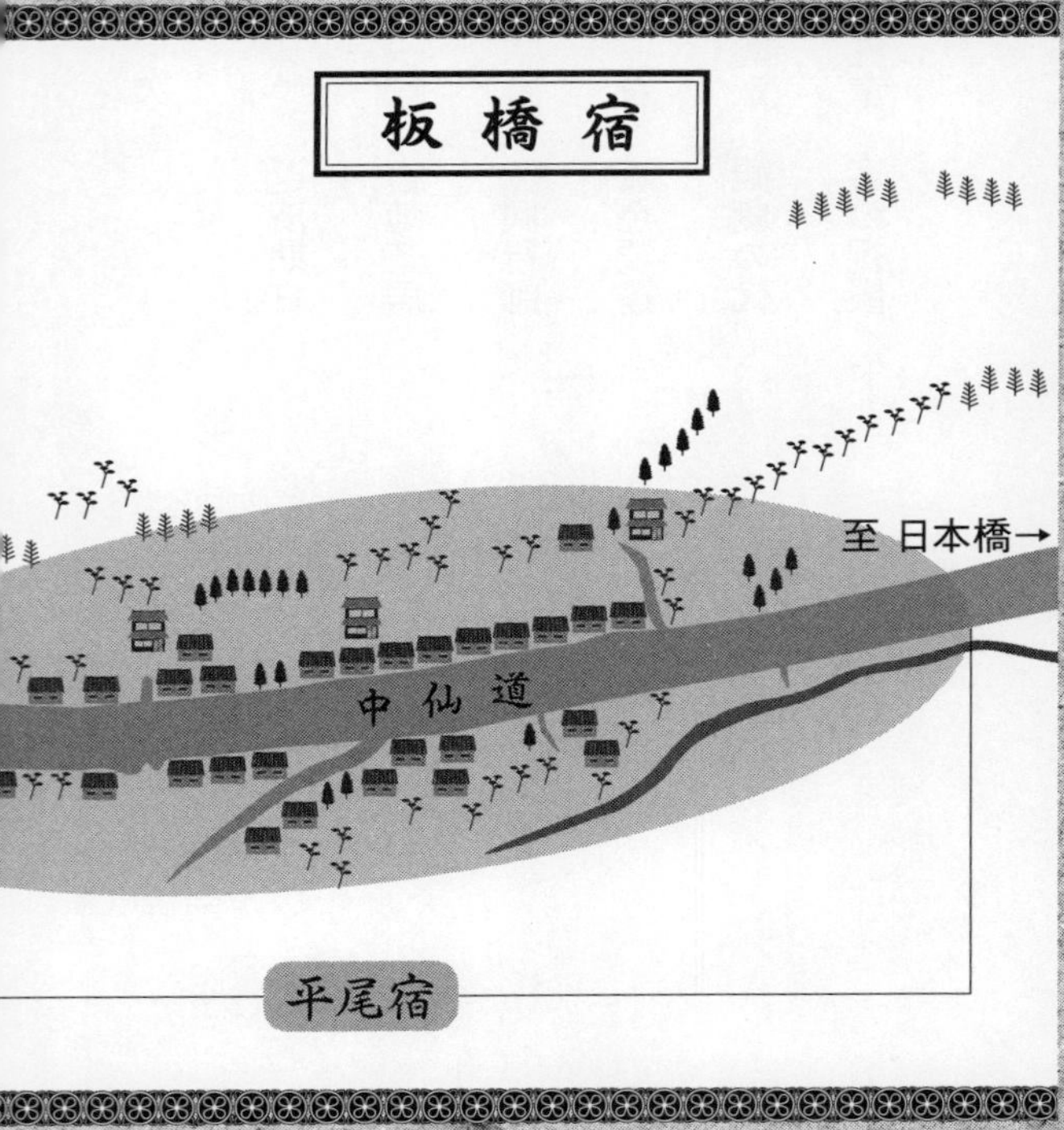

図版 本島一宏

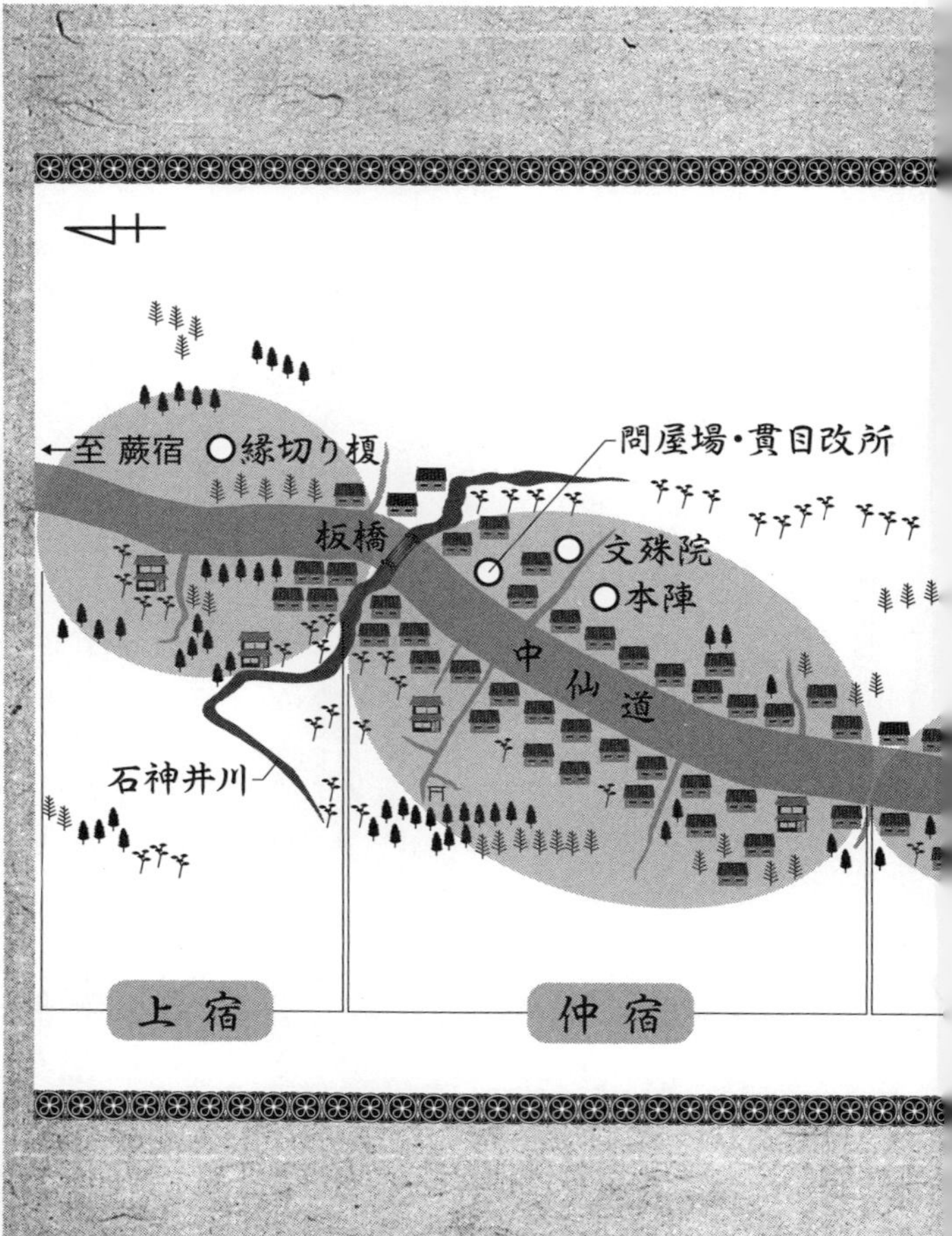
北
←至 蕨宿
縁切り榎
板橋
問屋場・貫目改所
文殊院
本陣
中仙道
石神井川
上宿
仲宿

登場人物

直次……………もとは地回りの下働きをして暮らしていた無宿者。賭場検めの騒ぎで重傷を負い、逃げた先の板橋宿でお路に助けられた。ある事件をきっかけに、松丸屋に身を寄せることに。

お路……………板橋宿の寂れた旅籠「松丸屋」の、しっかり者の一人娘。

喜兵衛…………お路の父で、松丸屋の主人。人柄は良いが、気が弱くお人好しで、多額の借金を抱えている。

お久……………お路の母で、松丸屋を切り盛りする。

恩間満之助……江戸四宿で起こる悶着に対処する「江戸四宿見廻り役」。剣の達人。

午拾……………板橋宿の馬医者。六尺近い体軀の老人で、大の酒好き。

定之助…………板橋宿の老舗提灯屋「下野屋」の若旦那。お路に気がある。

傳左衛門………蕨宿の駕籠屋「岩津屋」の主人。裏の顔は金貸しで、松丸屋も金を借りている。

藤右衛門………板橋宿の問屋場で年寄役を務める。

柝《き》の音《おと》響く　めおと旅籠繁盛記

前章　返済期日

一

早朝七つ、外はまだ暗い。板橋宿《いたばししゆく》の旅籠《はたご》松丸屋《まつまるや》の上がり框《がまち》では、旅姿の客が草鞋《わらじ》の紐《ひも》を結んでいる。帳場《ちようば》で主人の喜兵衛《きへえ》に宿賃を払っている者もいた。

外は夜半からの小ぬか雨が、道を濡《ぬ》らしている。

「世話になったね」

蓑笠《みのかさ》を着け終わった旅人が、送り出す番頭役の直次《なおじ》に声をかけた。

「どうぞお気をつけて。ご無事に」

愛想よく送り出した。

五月になって二日目、梅雨《つゆ》入りをして蒸し暑い日が続くようになった。

「お待たせしました。握り飯ができましたよ」

女房のお久《ひさ》と娘のお路《みち》は、注文を受けた握り飯を客に手渡す。昨夜のうちに、頼まれていたものだ。玄米の塩結びに、沢庵《たくあん》が添えられているだけのものだが、旅人には助かるようだ。都合よく宿場に着いた頃に、昼飯どきになるとは限らない。

十一人いた旅人の客が、慌ただしく敷居を跨《また》いで出て行った。晴れでも雨でも、旅籠の朝は変わらない。逗留《とうりゅう》客が一人いるが、それは明るくなり始める頃に起き出してくる。

「雨漏りは、大丈夫かねえ」

お久とお路が、建物の中を検《あらた》めに行く。雨漏りについては直次が修繕をしていたが、ここへ住み込むようになって間がないので、やり尽くせていなかった。

松丸屋は、板橋宿の中でも指折りの古くて修理のできていない安っぽい旅籠として知られている。喜兵衛とお久の夫婦、それに娘のお路が加わって三人で商っていた。お路は直次よりも三つ下の十八歳だ。

直次は一月《ひとつき》ほど前に、大怪我《おおけが》をして板橋宿に辿《たど》り着いた。お路に拾われて、そのままこの旅籠に住み着いたのである。今では怪我もすっかり治って、番頭の真《ま》似事《ねごと》から下男としての仕事に至るまで、できることはすべてやっていた。

地味な仕事だが、松丸屋の役に立っていると分かる。居心地は悪くなかった。

中仙道《なかせんどう》の江戸からの最初の宿場である板橋宿は、京側の上宿《かみじゆく》、そして仲宿《なかじゆく》、江戸に近い平尾宿《ひらおしゆく》の三つの宿の総称として呼ばれた。本陣や問屋場《といやば》、貫目改所《かんめあらためしよ》は仲宿に設けられている。松丸屋は石神井川《しやくじいがわ》に架かる板橋の西側、上宿にあった。

逗留の客が出入り口に姿を見せたのは、すっかり明るくなった頃だった。

「旅の方は、早いねえ」

なま欠伸《あくび》を一つしてから言った。逗留しているのは中村屋久米右衛門《なかむらやくめえもん》という、四十歳前後の足袋屋《たびや》だった。目鼻立ちは整っているが、荒《すさ》んだ気配があった。

「胡散臭《うさんくさ》い奴《やつ》だ」

と直次は感じていたが、宿賃さえ払えば、細かいことはどうでもよかった。自分だって、脛《すね》に傷があると、直次は思う。

今日も小葛籠《こつづら》を背にして、どこかへ出て行った。投宿四日目の朝だった。

明るくなる頃には、旅人や荷馬、駕籠《かご》がひっきりなしに通り過ぎて行く。遠路の道中を経て来た旅人の身なりには、多かれ少なかれ埃《ほこり》を吸って疲れた気配がある。ただもう少しで江戸に着くという、気持ちの昂《たかぶ》りも感じられた。

板橋宿には、五百七十戸ばかりの建物が並んでいる。宿内に住まう者は二千五百人弱で、旅籠は五十四軒あった。多数の飯盛《めしも》り女を置く旅籠は少なからずあったが、松丸屋では置いていなかった。借金の形《かた》に連れてこられた者たちに春を鬻《ひさ》がせて稼ぐのは、喜兵衛の性に合わない。お久もお路も同じ考えだ。

ただ松丸屋の内証《ないしょう》が火の車なのは、一緒に暮らしていればすぐに分かった。少なくない借金がある。利息を払うのがやっとで、古くなった建物の修理までなかなか手が回らない。

だから直次は、客を送り出した後に建物の修理をした。大工の修業をしたわけではないが、生まれ在所《ざいしょ》の常州《じょうしゅう》で下男働きをしていたときは、営繕を始めとして何でもやらされた。

雨でも、できることはやる。庇《ひさし》の下で、壁の修理をした。

人や馬が通り過ぎてゆくのはいつものことだから、直次としては気にしない。ただだいぶ蒸し暑い。どこかから、山梔子《くちなし》の花の甘いにおいが漂ってきていた。

ここで馬の嘶《いなな》きが聞こえた。尋常ではないものだ。直次は手を止めて振り返った。米俵を積んだ荷車を引いた馬が、動けなくなっている。轡《くつわ》を握った馬方が、歩かせようとするが動けない。

馬の脚に、何かがあったようだ。街道では、珍しいことではない。重い荷を運ばせようとするから、脚に負荷がかかる。前脚を動かそうとしているが、力が入らないようだ。

「医者を呼んで来ましょう」

直次は問屋場にある厩舎《きゅうしゃ》まで、一走りした。宿場には午拾《うまじゅう》という馬医者がいて、これが馬や牛の手当てをする。出産にも関わる。近隣の村にも出かけるが、おおむねは問屋場の厩舎で手当てを行っていた。

「どうした」

直次は、馬の様子を伝えた。

「分かった。これが済んだら行こう」

午拾は六十歳を超えているはずだが、壮健で六尺（約百八十一センチ）近い体《たい》軀《く》だ。蓬髪《ほうはつ》で顔は赤く酒焼けをしていて、熊を思わせる。諸国流浪の末、二十年前に宿場に流れ着いた。昔のことは話さないので、どのような出自の者かは分からない。ただ宿場では、馬や牛の医者としてなくてはならない存在になっていた。

直次が大怪我をして板橋宿へ辿り着いたとき、手当てをしてくれたのはこの午拾だった。金儲《かねもう》けには関心を示さないが、大の酒好き。朝から酒臭いときがあるが、それで手当てに支障をきたすことはなかった。

歩きながら、直次は馬の症状を伝えた。

「それはよくある挫《くじ》きだな。働かせ過ぎだ」

話を聞いた午拾は即断をした。腕節と指骨をつなぐ腱繊維が、一部断裂したものだと続けた。

「多少手間はかかるが、治るだろうさ」

馬体はすでに荷車から外されていた。近くの納屋に移されている。直次ができるのは、そこまでだった。

壁の修理に戻ろうとすると、板橋の向こう、仲宿にある下野屋《しもつけや》の定之助《さだのすけ》がやって来た。宿内で代々続く老舗《しにせ》の提灯屋《ちようちんや》の若旦那だ。旅の携帯用の提灯が売れていると聞いた。

目が合ったので、直次は黙礼をした。それで定之助は、腹立たし気な顔になった。すぐに目を逸《そ》らすと、黙礼を無視して立ち去って行った。

直次がここに居ることを、不快に思っている。

お路を訪ねて来たのだろうとは予想がついた。気があるのは分かっていた。松丸屋が抱えている借金のことで、援助をしたいと申し出てきたことがあるが、断ったと聞いている。身勝手で傲慢な質《たち》だと感じている。

昼下がりになれば、旅籠では暇な刻限となる。泊り客が現われるのは、夕刻あたりになってからだ。

「ごめんなさいよ」

岩津屋傳左衛門《いわつやでんざえもん》が松丸屋を訪ねてきた。蕨宿《わらび》で、駕籠屋を営んでいる。多数の駕籠舁《か》きを抱えて、浦和《うらわ》宿や大宮《おおみや》宿の方にまで旅人を乗せていた。

四十代半ばの歳《とし》で、肩幅のある矍鑠《かくしやく》とした外見だ。駕籠屋は表向きで、裏では金貸しもしていた。蕨宿では争う者もいない分限者《ぶげんしや》で、近頃では板橋宿にも手を伸ばしてきた。板橋宿を傘下に入れたいと考えているらしかった。

金を貸すときは善人そうに見えるが、返済については厳しいと聞いていた。

松丸屋は岩津屋から、高額の借金を抱えている。どのようなやり取りになるのか、直次は廊下にいて耳をそばだてた。

「ご用立てした金子《きんす》の返済期限が、七月末に迫っています。もうこれ以上は待てませんのでね、お返しいただけないときには、腹を決めてもらわなくてはなりません」

「は、はい。それは分かっています」

喜兵衛の声は、微《かす》かに震えていた。

「まあ、お苦しいところでございましょうなあ」

気持ちが悪いくらい、優し気な口調だ。悪党が、下心があって何かするときの物言いだと直次は感じた。

「少しばかり、待っていただけるとありがたいのですが」

「そうですよねえ。前にもおっしゃっていた。それで私どもでも考えたんですよ」

「ありがたいことで」

「借り換えをなさってはどうでしょう。それならば返済期限は、半年先になります。これが証文です。お目通しください」

書面を渡したらしかった。

「こ、これは」

苦渋に満ちた喜兵衛の声だった。聞いた直次は、握っている拳に力が入った。

「いかがですかい」

「とんでもない。借り換えることで利息も上がり、かえって借金の額も増えます」

「しかし半年の間で、状況が変わるかもしれませんよ」

「それはそうですが」

「七月末に二十一両のご返済をいただかなければ、旅籠かお路さんを申し受けることになる」

冷ややかで、譲ることのない気持ちが伝わってくる言葉だった。直次はどきりとした。二十一両とは、とてつもない金高だ。そして返せなければ旅籠かお路を奪われるのは、衝撃だった。

直次には姉がいたが、借金の形に女衒《ぜげん》に連れられていった。それ以来、会っていない。

話の様子だと、借り換えをすれば返済期日は半年先になるらしいが、借金の額は増えるらしい。旅籠かお路ではなく、両方奪われる虞《おそれ》があるという話だ。

傳左衛門はそれを、親切ごかしで言っている。

「ふざけるな、腸《はらわた》が煮えくり返るぜ」

腹の中では罵ったが、直次にはどうすることもできない。

「何とかいたします」

喜兵衛はかろうじてそう返したが、手立てなどないのは見えていた。

「期限まででしたら、いつでもご相談に応じますよ」

傳左衛門はそう言い残すと、引き上げていった。

お路は旅籠の軒下で、蒸かした赤甘藷《あかかんしょ》に黒胡麻《くろごま》をかけたものを売っている。売れ行きは悪くないが、一本売れて五文十文の儲けでは、とうてい借金の返済はできない。

「何とかできないか」

苦境を乗り切る手立てを考えるが、妙案はなかった。

二

「たいへんだ」

翌日の朝、上宿内で行き倒れが発見された。この日も明け方まで雨が降っていて、明るくなった頃になってようやく止《や》んだ。それでも日が差してきたわけではなく、曇ったままで蒸し暑かった。

宿場での行き倒れは珍しくない。

板橋に近い、石神井川の上宿側の土手だった。直次と喜兵衛は駆けつけた。三十歳から四十歳くらいの、無宿者《むしゆくもの》ふうだった。昨夜来の雨で、全身が濡れている。充分に食べていないのだろう、浅黒い顔の頬がこけて、月代《さかやき》は伸び放題だった。

身元を明かすものは、なにも持っていなかった。銭もない。身に着けているものは、さながら襤褸《ぼろ》雑巾《ぞうきん》のようだった。

「生まれ在所から逃散《ちようさん》して、諸国をほっつき歩いてこうなったんだな」

喜兵衛が言った。直次も、生まれ育った村を捨てて江戸へ出て来た。みじめな最期の姿は他人事《ひとごと》ではなかった。

集まった者たちで合掌した。

問屋場から、宿場の年寄役をしている藤右衛門《とうえもん》も姿を見せた。

行き倒れの対応は、宿場でする。道中奉行《どうちゆうぶぎよう》は何もしない。報告を受けるだけだ。

遺体を戸板に載せて、直次や宿内の若い衆で仲宿にある文殊院大聖寺《もんじゆいんだいしようじ》へ運んだ。ここで乾いた古着に着替えさせた。お路が、髪を梳《と》いてやった。

住職の慈雲《じうん》が、読経をした。

広大な境内の一角に埋葬した。かかる費用は、伝馬宿入用《いりよう》から出される。宿場の住民が、宿の運営のために出した金子《きんす》だ。

文殊院は古くからの寺で、宿内や近隣の村に多数の檀家《だんか》を持っている。近く庫《く》裏《り》の大掛かりな修復が行われると伝えられていた。

松丸屋は家計の危機にあるが、そういうときでも喜兵衛は、精いっぱいの世話を焼く。遺体を運んでいるときに、行き倒れに気づいても、知らぬふりをする者は少なくない。下野屋の定之助も同様だった。寄っても来ない。

一刻ほどで、行き倒れの始末を済ませ、指図をした藤右衛門や喜兵衛らは、文殊院から引き上げた。

その間にも旅人は行き過ぎて、宿場はその用を足す。人の流れを見ていると何事もなかったようだ。

旅籠に戻ると、珍しく逗留中の久米右衛門がいた。直次は久米右衛門と話をした。

「私は足袋の行商ということになっているけどね、実はそれが本業じゃあないんだ」

「じゃあ、何なんですかい」

話したそうな表情だったから、訊《き》いてやった。

「私はね、元は役者だったんですよ」

「ほう」

そう言われてみると、若い頃はそれなりに男前だったと察せられる面貌だった。ではなぜ逗留しているのか疑問だったが、それに応《こた》えるように久米右衛門は言った。

「板橋宿に、芝居の一座を呼ぼうと思っているんですよ」

「旅回りの一座ですか」

それならば、生まれ在所の村の祭りにも来ていた。直次は常陸《ひたち》国行方《なめがた》郡の小作百姓の次男に生まれた。霞《かすみ》ケ浦《うら》と北浦に挟まれたあたりだ。もう戻ることはないだろう。

「どさ廻《まわ》りじゃあない。宮地芝居とはいっても、江戸の三座にも劣らない芝居をする一座を呼ぶんだ」

「はあ」

「猿若町《さるわかちよう》三座を、あんた知らないのかね」

「まあ」

田舎《いなか》者と言われたようなものだが、仕方がない。

「浅草寺《せんそうじ》と大川《おおかわ》の間にある猿若町は、江戸芝居の中心だ。中村座と市村《いちむら》座、森田《もりた》座の三座だけが、櫓《やぐら》を立てて興行ができた。櫓ってえのは、駕籠のような骨組みを、一座の定紋を染め抜いた幕で囲ったものだ。それを芝居小屋の入口の上に取り付ける」

「何かの、おまじないですね」

「馬鹿を言うな。官許の芝居小屋だっていうことの証《あかし》だ。芝居が始まると、そりゃあ艶《あで》やかで賑《にぎ》やかなものさ。小屋とはいったってな、その辺の家とは比べ物にならないくらい立派なものだ。客の入りも、たいしたものさ。日に千両動くのは、吉原《よしわら》と魚河岸、それに三座の江戸芝居くらいのものだと言われている」

「そりゃあすごいですね」

日に千両という言葉だけが、直次の耳に残った。

「大隅屋文太夫《おおすみやぶんだゆう》という役者の一座だよ。あんた、知らないのかい」

「ええ」

「だめだねえ、そんなことじゃあ」

「でも、三座の芝居じゃあないんですよね」

しょせんは寺社の境内に仮小屋を建てて興行をする、宮地芝居ではないかという思いがあった。

「だから言っているじゃねえか。櫓は立てられなくても、三座には劣らない芝居だって。座頭《ざがしら》の文太夫さんは、中村屋一門で修業をした役者だ。他の座員も、三座の舞台で芸を磨いてきた」

「でもどうして、三座から出てしまったんですかい。辞めさせられたんですかね」

三座にいれば、実入りも多かろうと考えた。

「そんなことがあるものか。芸のことで、師匠の中村門左衛門《もんざえもん》さんと考えが合わなかったんだ。それで出たんだ」

「中村門左衛門さんというのは、そんなに偉いのですか」

「そりゃあそうだ。三座の一つ、中村座を支えていなさる。でもね、私がやろうとしている大隅屋文太夫さんという人の芸は、そりゃあたいしたものなんだよ。一座が板橋宿で興行をすれば、江戸や近郷近在からもたくさんの人が集まるのは間違いない」

久米右衛門の声に力が入った。

「それをやろうというのですね」

「そうよ。大儲けができる。あんたも乗らないか」

という話だった。返事のしようがないので黙っていると、久米右衛門は続けた。

「松丸屋さんを、一座の宿泊所にしてもいいんだけどねえ」

「ぜひそうしてくださいな」

調子を合わせた。まとまった数の客が長逗留をしてくれたら、旅籠としては大助かりだ。

「ただ興行を行うには、それなりの金子がいる。一座に前金を払うなどしなくちゃならないからね」

宮地芝居でも、芸で飯を食べている人たちだ。その金子を集めるために、毎日動いているのだとか。

「そんな銭になる一座を呼べるんですか」

「私はね、元は中村座ではちったあ名の知られた役者で、文太夫は後輩だったんだ。面倒を見てやった仲さ」

だから一声かければ、文太夫は喜んでやって来るという話だった。一座への支払いだけでなく、土地を借りて仮小屋を建てるといった費《つい》えもかかる。宣伝のための引き札も用意しなくてはならない。

「初めの費用が大きいが、客が入れば儲けられるかもしれない」

話を聞いた直次は、漠然とそんなことを考えた。

このことを、直次は後で喜兵衛に話した。

「そういう大風呂敷なことを言う人が、たまに現われます。話に乗ると、足をすくわれます」

という返答だった。久米右衛門の話は、どこまで信じられるものかは分からない。

「もちろん、うまくいったらたいした稼ぎになるかもしれません」

「そうですね」

と感じたからこそ、喜兵衛に伝えた。

「でもね、客が入らなければ、銭は捨てるようなものです。そもそも宿内のどこでやるんですかね」

と言われると、直次は返答に困った。

「一座が来て繁盛したら、宿場も潤うだろうけどね」

話を聞いていたお路が言った。夢物語といった感じで口にしていた。直次にしても、同じ気持ちだ。

とはいえ何もしなければ、松丸屋は旅籠を取られる。喜兵衛とお久の夫婦は、お路を苦界《くがい》に落とすつもりはない。ただ居場所がなくなるのは間違いなかった。

直次にしてみれば、ようやく堅気の仕事にありついたという気持ちがある。

小作だった生家からは、口減らしのために百姓代の家に奉公に出された。不作続きのためにいられなくなり、江戸ならば食えるだろうと、六年前に村を捨てた。

とはいえ江戸へ出てきたところで、まともな仕事は荷運びなどの賃仕事だけで、それもたまにあるだけだった。技を身につけられるような仕事はなかった。元手がないので振り売りもできないし、請け人《うけにん》がないので裏長屋を借りることもできなかった。

そんな中で、小石川伝通院《こいしかわでんづういん》周辺の町を縄張りにする地回り熊切屋猪三郎《くまきりやいさぶろう》の子分になった。

賭場の出方《でかた》という役をしていたところで、町奉行所の役人が現われて逃げ出した。相手の捕り方も傷つけたが、直次自身も大怪我をした。板橋宿まで逃げて来たところで、お路に拾われた。

得体のしれない刃物傷のある無宿者を、松丸屋の三人は世話してくれた。板橋宿に人別《にんべつ》を拵《こしら》えて、いられるようにしてくれた。いざとなれば自分は、どこででも生きられる自信はあるが、それは無宿者の悪党としてだ。

けれども裏の世界で生きるのは、熊切屋でのことを思うと、もうこりごりだった。松丸屋にも恩返しをしたかった。

第一章　宮地芝居

一

旅立つ泊り客を出した後は、部屋の掃除を行う。それが済むと、すぐにやらなくてはならない用事はない。そこで直次は、半日外出をさせてほしいと喜兵衛に頼んだ。

今日も朝から雨だが、それは気にしない。

昨日、久米右衛門から大隅屋文太夫の話を聞いた。一夜明けても気持ちに残っていて、芝居興行がどういうものか自分の目で見てみたいと考えたのだった。

「かまいませんよ」

喜兵衛は、訳も聞かずによいと言った。お路が、さりげなく問いかけてきた。

「どこへ行くの」

どうでもいいような言い方だが、気にしている。めったにないことだからだ。

「芝居小屋を、見て来ようと思いましてね」

興行に関われるかどうかは分からない。まずは様子を見て、後から考える。

「私も行きたい」

お路はすぐに言ってきた。

「芝居を観《み》るんじゃありませんぜ。小屋の様子です」

「分かっているってば」

直次が考えていることに、気づいているらしかった。昨日、直次が久米右衛門と話をしたとき、お路も近くにいた。やり取りを聞いていたようだ。

「芝居興行がどんなものか、見てみなくちゃ分からないからね」

傘をさして、松丸屋を出た。雨といっても、ざあざあ降りではない。道端の紫陽花《あじさい》が色鮮やかだ。この花は、濡れている方が美しい。

話をしながら、江戸の浅草猿若町へ向かう。何だか少しわくわくする。そういう気持ちは初めてだった。

「おとっつぁんもおっかさんも、七月末には、旅籠を手放してもいいと思ってい

る の」

「………」

お路の方から話題にした。松丸屋が今のままではどうにもならないことは、中にいれば分かるから隠さない。

「どこかの裏長屋に入って、何かの振り売りでもすればいいって。食べるだけならば、何をやったって大丈夫だって」

「なるほど。腹は決まっているのですね」

「でも私は、それでは申し訳ない気がする」

「親が子を思う気持ちは、深いっていうことじゃないですかね」

直次は口減らしのために、百姓代の家に奉公に出された。そして一つ歳上の姉おときがいたが、亡くなった親が残した借金のために、女衒に連れていかれた。

姉には、可愛《かわい》がられた。江戸にいるらしいが、会いたくても居場所が分からない。

直次に心残りがあるとすれば、それくらいのものだった。

姉は、過酷な暮らしをしていると思っていた。熊切屋の縄張り内にも女郎屋があった。女たちの扱われようは、毎日のように目にしていた。

「ええ、おとっつぁんもおっかさんも、私にはよくしてくれた。でも」

ここでしばらく、言葉が詰まった。

「今度は恩返しをしなくっちゃって、思うの」

「そうですかい」

恩返しという言葉が、どこか他人行儀に感じて引っかかった。お路にとって、恩返しをするということがどういうことなのか、直次は考える。松丸屋の旅籠を残すということか。そのための手立ては、一つしかない。

それはさせたくなかった。お路はさらに何か言おうとしたが、言葉が出てこないうちに話題を変えてしまった。

「私、浅草寺までは来たことがあるけど、猿若町へ行くのは初めて」

風雷神門前を通り過ぎた。雨でも、それなりの人が出ていた。屋台店は、幌《ほろ》をつけて商いをしている。芽を出して間もない、朝顔の鉢を売っている店があった。葉の緑が鮮やかだ。

二人は猿若町の芝居小屋の並ぶあたりに立った。

「なるほど、これは立派だ」

「久米右衛門さんが言っていた通り、小屋などという代物ではありませんね」

二人で、中村座の屋根にある櫓を見上げた。堂々と聳《そび》え立つ姿は、雨に濡れることなど気にしていないようだ。

中村座の前では、中村屋一門の総帥《そうすい》門左衛門の大看板が掲げられている。顔にある隈取《くまどり》はいかにも大げさだが、息を呑《の》むほどの迫力があった。役者の世界では一番の親方といった存在なのだろう。一回り小ぶりな、他の役者の絵看板もあった。

小屋の周囲には、役者の名を染めた色鮮やかな幟《のぼり》が何本も立てられている。雨に濡れても、その艶やかさは変わらない。

通り一つを隔てたところでは、色暖簾《いろのれん》をかけた料理屋ふうの建物が並んでいる。きらびやかな衣服をまとった女房が、番頭に連れられて芝居小屋へ入っていった。

「あれは何でしょうか。役者ですか」

直次が、通りかかった職人ふうの若い衆に尋ねた。

「芝居茶屋から、金持ちのおかみさんが小屋入りをしたのさ」

観劇の客は、まずそこで一休みしてから芝居小屋へ入る。幕間では、休憩をするだけでなく食事もとるのだとか。

「ただの弁当じゃねえぜ。名の通った料理屋から運ばせるんだ」

「へえ」

仰天して、お路と顔を見合わせた。芝居を観るためだけのために、美服をまとうのだ。食事にも贅《ぜい》を尽くすという話だ。さすがは日に千両動く町だと感心した。

返す言葉もなくいると、若い衆は嘲笑《あざわら》うようなしぐさをして立ち去って行った。

「大隅屋文太夫がいくらすごいといっても、大看板の役者には及ばないわけだね」

「まあそうなんでしょうが、どれくらいの役者なのかは知りたいところですね」

そこで直次は、通りかかった隠居ふうに、大隅屋文太夫について尋ねた。

「知らないねえ」

と答えられたが、四人目には「知っているよ」と答える者がいた。

「いい役者だったんだがねえ」

今は三座の檜《ひのき》舞台には立てない。その事情について聞いた。

「師匠と、うまくいかなかったって聞いているよ」

新たなことは、分からない。

「今はどこにいるんでしょう」

「さあ」

さらに何人かに訊いて、芝神明宮《しばしんめいぐう》の境内で興行をしていることが分かった。

「ずいぶん、遠いですねえ」

「でもせっかくだから、行ってみよう」

その足で向かった。お路は、なかなかに健脚だ。

芝神明宮は増上寺《ぞうじょうじ》に隣接している。鳥居を潜《くぐ》ると、小屋が見えた。定小屋ではない。宮地芝居の小屋では屋根をつけることはできなかった。通常は屋根部分に梁《はり》を巡らせておく。雨が降ったら、幌で覆う。小雨程度ならば、それで問題ないようだ。

猿若町の芝居小屋とは比べるべくもないが、それなりに繁盛をしている気配だった。絵看板もあって、色鮮やかな幟も立てられている。ただ芝居茶屋はないし、美服をまとった客の姿もない。境内に、茶店《ちゃみせ》があるばかりだ。

とはいえ、掲げられた絵看板を見上げている何人かの人がいた。

「文太夫さんの芝居は素晴らしい。三座の役者に、引けは取らないよ」

小屋から出てきた商家のおかみさんふうに訊くと、そんな答えが返ってきた。周辺で評判を聞くと上々だった。

「混んでいましたか」

「いつだって満員さ。初めはそうでもなかったけど、日がたつにつれて、人が集まってきた」

境内で甘酒を売る老婆に訊くと、そう返された。多少の誇張はあるにしても、嘘《うそ》だとは感じなかった。

「評判を聞いてね、来てみたんだよ」

そう告げる者が、少なからずいた。観て面白かったという者がいれば、自分も観てみたくなるのではないか。

「うまくやれば、儲かるわけですね」

興行は大成功といった様子に見えた。そこで大隅屋文太夫という役者について、境内でこわ飯を売る親仁《おやじ》に尋ねた。お路と二人で食べながら、話を聞いた。

「文太夫さんは役者としてはすごいけど、気難しくてなかなか頑固らしいよ」

「次の興行は、決まっているんですかね」

「まあ、そうじゃないかね。人気一座なんだから」

とはいえ、どこでやるかは知らなかった。今日はこのへんで引き上げることにした。板橋宿は遠い。そろそろ戻って、宿泊客を受け入れる支度をしなくてはいけない。

二

直次とお路が松丸屋へ戻ったときには、まだ宿泊客は入っていなかった。ただそろそろ、客引きを始める頃ではあった。雨は霧雨のようになっている。

江戸へ行く一つ手前の宿場で、ここで一夜を明かし、朝一番で目的地へ行こうという者は少なくない。もう少しだからと、通り過ぎてしまう者もいる。

最初に敷居を跨いできたのは、逗留の久米右衛門だった。

「首尾はいかがでしたか」

直次は問いかけた。前よりも、どれだけ賛同者が増えたか気になった。

「話は面白がるんだが、いざ金子を出すとなるとねえ」

渋い顔になった。

「でも文太夫さんには、興行することで折り合いがついているのですよねえ」

と言ってみた。今日見てきた限りでは、大隅屋文太夫は宮地役者としてそれなりの者だと感じられた。

「そ、そりゃあそうさ。でもねえ」

わずかに慌てた様子になった。けれどもすぐに何事もなかった顔に戻った。

「ともあれ、金子はかなりのところまでは集まった。もう少しなんだけどねえ」

と言い直した。出まかせを言ったようにも感じた。そして改めて口にした。

「松丸屋さんから、金が出ませんかね」

「そんなものは、ありませんよ」

冷ややかな口調にして返した。かなりのところまで集まっているのならば、松丸屋を頼ることはないだろう。

「どこかから、借りればいいんです。松丸屋さんならば、それができる。大入りとなるのは間違いないのですから、すぐにでも返せますよ」

自信たっぷりな物言いだった。松丸屋に金がないことは分かっている。借金をさせる腹なのだ。

「借りてまでは、やらないでしょうねえ」

「ならば、どなたかの請け人になればいい」

「請け人ねえ」

金を借りた者が返せなくなったときに、代わりに返済をすることだ。保証人になれという話である。

「どうして赤の他人のこいつのために」

と思ったが、口には出さない。腹は立っている。一応泊り客だから、喧嘩《けんか》はしない。

「蕨宿の岩津屋さんならば、松丸屋さんに貸すんじゃないですかね」

「へえ。岩津屋さんを知っているんですかい」

意外だった。このあたりの金貸しを調べたのか。

「こちらにも、来ていましたねえ」

先日訪ねて来たのを、見ていたのかと思った。

「場所の目当ては、ついたのですか」

話を戻した。宿場周辺には、広い敷地を持つ寺社は少なからずある。

「いや、芝居なんてと言う住職や宮司は、多いですよ」

一応、当たってはみたらしい。ただ余所者《よそもの》が、何の縁故もなく訪ねても、相手にはされないのかもしれない。

「小屋を建てたり前売りの木戸札を売ったりなどでは、お役に立てると思いますけどね」

「いやあ、それではちと」

話にならなかった。まとまった金子が欲しいらしい。うまくいかずに、苛立《いらだ》っている気配があった。

喜兵衛もお久も、板橋宿で泊まろうとする者には、しきりに声掛けをする。客引きはどこの旅籠でもするから、刻限になると呼びかけの声があたりに溢《あふ》れる。飯盛り女がいるようなところは、ひと際明るくて活気があった。強引な客引きをする女もいる。

宿場でも指折りに貧相な松丸屋には、金がある旅人は泊りたがらない。飯盛り女を置いていない松丸屋は、どうしても地味になる。その分騒がしくはならないから、早寝するには都合がいい。

喜兵衛が若い頃は、もう少し繁盛していたと聞く。喜兵衛は客に尽くすが、お人好《ひとよ》しなところがある。

「宿賃がもう少し安くならないかねえ」

と言ってくるような手合いが泊まる。支払いの段になって、代金が足りないと言う者もいた。実は持っている場合が多いから、支払いを受けるのはお路で、直次もその役目をした。

それならば、宿賃で四の五のは言わせない。

「身に着けている着物を、脱いでいただきましょう」

とやる。それで出せない者は、直次が来てからはいなかった。

夕暮れ時の店の前では、直次も通り過ぎる旅人に声をかけた。お路は旅籠の軒下で、赤甘藷の蒸かしたものを売っている。熱々に黒胡麻をかけて食べさせた。

「これはなかなか行けるねえ」

旅人が小腹を満たすのにちょうどいいらしい。歩きながらでも食べられる。思いのほか売れているが、それで借金の返済ができるまでにはいかない。

暮れ六つの鐘が鳴って半刻《はんとき》ほどすると、もう旅人はやって来ない。飯盛り女を置いている旅籠では、わざわざそのために江戸や近郊からやって来る者がいた。松丸屋にはそういう客はやって来ないので、早々に表の戸は閉めてしまう。その役目をするのは直次だった。

松丸屋の客は、酒を飲んで騒ぐようなことはない。明日の出立《しゅったつ》に備えて、早々に寝てしまう。

直次にとっては、これまでにない穏やかな暮らしになっている。松丸屋の家族の食事は、質素なものだ。麦の交ざった玄米の飯に、味噌汁《みそしる》と香の物。それに目刺や煮付けなどの一品がつくだけだった。

熊切屋にいたときの方が贅沢《ぜいたく》だったが、後悔はしていない。実家はもっと酷《ひど》かった。

満足をしているが、何もしなければ、七月末日にはここでの暮らしが終わる。

三

次の日、四宿見廻り《ししゆくみまわ》役の恩間満之助《おんまみつのすけ》が松丸屋を訪ねてきた。朝から久しぶりの晴れ間で、水溜まりが初夏の日差しを跳ね返した。雨や曇天に慣れているから、ひと際眩《まぶ》しく感じる。

恩間は五百石の旗本の次男坊で、伯父の大目付兼帯の道中奉行跡部忠行《あとべただゆき》に命じられて江戸四宿見廻りという役目に就いていた。板橋宿だけでなく、千住《せんじゅ》宿、内藤新宿《ないとうしんじゅく》、品川《しながわ》宿を廻り、不正や乱暴者を取り締まる。

無宿者だった直次のことを、当初は不審者扱いしていた。しかし街道を荒らす盗賊を捕らえるにあたって力を合わせたので、それを機に関係が変わった。板橋宿へ来たときには立ち寄って、街道の情報や他の三宿の様子を伝えてくれた。直次よりも二つ歳上で、無外流《むがいりゅう》の達人だ。

恩間は、直次がかつて熊切屋にいて、捕り方を傷付けたことを知っているのではないかと思うことがある。けれどもそれを、口に出されたことはなかった。

「宿場に、変わったことはないか」

まずは役目として尋ねられた。

「取り立ててのことはありませんが」

とした上で、中村屋久米右衛門という者が投宿していることを伝えた。表向きは足袋の行商だが、芝居の興行をやろうとしている点だ。

「一口、話に乗らないかと勧められています」

昨日お路と猿若町や芝神明宮へ行って、芝居興行を目の当たりにしてきた。雨にもかかわらず、たいした人出だったと伝えた。目にしたのはもちろん派手な表向きの部分だけだと分かっているが、気持ちは動いた。

金銭的には無理だが、やってみたい気持ちはどこかにあった。まとまった金子が欲しいと考えて、ふっと頭にお路の顔が浮かんだ。

「宮地芝居の興行は、うまくいけば金子を稼げるという話は聞く。しかしそれは、あくまでもうまくいった場合だ」

「はい。暮らしになくてはならない物を、売るわけではありませんからね」

「泡のようなものだ。弾《はじ》けたら終わりだ」

「ですが役者の芸がしっかりしていたら、どうでしょう」

吹けば飛ぶような泡ではなくなる気がした。

「そういう確かな役者を呼べるのか、という話になるだろうな」

「久米右衛門さんは、大隅屋文太夫とは昔馴染《むかしなじみ》だそうで」

「なるほど」

恩間は、口元に嗤《わら》いを浮かべた。大隅屋文太夫を知っているらしい。

「そやつ、怪しげなやつだな」

久米右衛門のことだ。そうかもしれないとは思ったが、恩間の次の言葉を待った。

「大隅屋文太夫は、宮地芝居とはいえそれなりの客を呼べる役者だ。品川宿で興行をしているのを見たことがあるぞ」

「さようで」

「老若の客が、多数集まっていた。ゆえに、あの一座で興行を打ちたいと考える者はいるだろう。ただな、気をつけねばならぬ」

ここで恩間はため息を吐いた。さらに伝えたいことがあるらしい。

「内藤新宿でな、そのような話を宿場の者に持ちかけた者がいた。一口乗れと話を勧めて。金子を出させた」

一座は、内藤新宿ではまだ興行をしていなかった。

「それで、どうなりましたか」

「八両を奪われた者がいる」

まだ捕らえられていないとか。

「久米右衛門さんでしょうか」

「それは分からない。誘った者は、違う名だったが」

「名なんて、どうにでもなりますからね」

「そういうことだ。ただ芝居のことや、興行には詳しかったようだ」

恩間に言われるまでもなく、中村屋久米右衛門には胡散臭さがあった。そもそも儲かっているならば、松丸屋へ投宿するのかと思った。松丸屋を馬鹿にしているわけではないが、板橋宿でも指折りの安宿であるのは確かだ。

久米右衛門がどのような動きをしているのか、直次は当たってみることにした。特定はできないが、騙《だま》し取った八両を懐《ふところ》に逃げ出した者がいる。

まず足を向けたのは問屋場で、年寄役の藤右衛門のところへ行った。

「久米右衛門という人、そういえば私のところへやって来たねえ」

直次の話を聞くと、すぐにそう答えた。

「宿内で、芝居興行をしようという話ですね」

「そうだがな。話がどうも曖昧で、調子が良すぎる」

自分に話したときもそうだったと、直次は振り返る。

「それでどうしましたか」

「追い返した」

松丸屋に逗留し始めた初日のことだった。金主になれという話である。

次に直次は、宿内でも指折りの大きな旅籠井筒屋《いづつや》へ行った。飯盛り女を何人も抱えていて、羽振りがいい。

「直次さん、たまには遊びにおいでよ」

建物の前まで行くと、女に声をかけられた。返事に困っていると、女たちに笑われた。熊切屋にいた頃はよくこうした場所で遊んだが、今はその気にならない。

「うん。久米右衛門というやつ、来ていたねえ。百両出したら、大隅屋文太夫の絵看板の横に、同じ大きさの板にそれを書いて張り出すとぬかしやがった」

貸すのではない。祝儀として出し、興行を後押ししろという話だ。

「ずいぶん、大きく出ましたね」

「うまくいくならば、人は集まる。うちで遊ぶ者も増えるだろう。しかしな、今のところは興行の場所も決まっていない」

もう少し目鼻がついたら来いと伝えたそうな。

「ああいう手合いはな、銭だけ取って逃げるってえことが少なくない。どこの馬の骨か、知れたものではないからな」

さすがに、物事の裏側を見る者だった。鵜《う》呑《の》みにはしない。

それから宿内で繁盛している太物《ふともの》屋と呉服屋、旅籠を二軒廻った。久米右衛門はすべてに姿を見せていたが、話に乗ったとする者はいなかった。得体のしれない者が口にする、夢物語のような話を本気にするわけがない。

「せめて場所くらい決まっていないとねえ。名の知れた一座だって、本当に来るのかどうか」

と返された。まったく信用をされていない。

ただ平尾宿の旅籠出雲屋《いずもや》の隠居で、五両程度の金高ならば考えてもいいと告げる者はいた。芝居好きで、年に数度は猿若町にも出向くそうな。

「支度の金として、銀十匁《もんめ》を出してやった」

「戻ってきますかね。その金子」

「さあどうだか。若い頃はそれなりに男前だったようだから、元は役者だっていうのは、本当かもしれない」

と話した。さらに付け加えた。

「芝居興行があるとなれば、宿場にたくさんの人が集まってくる。これはよいことだ」

なるほどと思った。

ともあれ直次は、宿内で目につく大きなところを合わせて十軒ほどを廻ったが、久米右衛門の思惑はうまくいっていない模様だった。分かっている限りでは、金子を出したのは出雲屋の隠居だけとなる。

今日は、宿場からやや離れた村の豪農を当たると話していた。大地主ならば、金を出すかもしれないという目論見《もくろみ》だろう。

四

宿場の主だった者から話を聞いていた直次は、興行をするにはまず一座が出演を受け入れていること、それに場所が確保されていることが必須だと考えた。すべてがこれからでは、誰も話をまともに聞かないだろう。

逆にその二つが固まっていれば、一座の格にもよるがそれなりの金子が集まるのではないか。猿若町の三座はともかく、活気のあった大隅屋文太夫一座の隆盛ぶりが、直次の目に焼き付いていた。

そこで芝居小屋を建てられる広さの敷地がある、寺社を当たってみることにした。久米右衛門も、当然当たっているだろう。

まず足を向けたのは、仲宿にある遍照寺《へんじょうじ》である。この寺の境内はひと際広く、板橋宿の馬つなぎ場としての役目を果たしていた。馬つなぎ場は街道の宿場ごとに設置が義務付けられていて、公儀御用の伝馬や輸送のための継立《つぎたて》馬が常時五十頭ほど繫《つな》がれていた。宿場には欠かせない存在だ。

ここでは、境内にいた若い僧侶に問いかけた。

「そういえば、ここで芝居興行をしないかと言ってきた人がいました」

「どうしましたか」

「うちは広いとはいっても、馬を置くための場で、芝居小屋を拵えるためのものではありません」

不満そうな口ぶりで言った。住職は、久米右衛門を追い返したそうな。ここには午拾が、怪我をした馬の手当てに来ていた。久米右衛門の話をすると、先日来たことを知っていた。話をしたそうな。

「あれは、当てにならぬな」

「なぜで」

「銭金のことしか口にせぬ。卑しい者だ」

と決めつけた。

「ううむ」

午拾は見た目こそむさいが、人を見る目はある。直次も、久米右衛門と初めて話をしたときに感じたことだった。

「旅回りをしていたときに、芝居一座の興行師と一緒になったことがある。あやつはもっと腰を据えていた」

と告げられた。それから直次は、乗蓮寺《じようれんじ》へ行った。ここも境内は広いので、芝居小屋には向いている。寺侍に尋ねた。住職は久米右衛門の話を聞いたが、境内を貸すとは言わなかったとか。

「あの者の話は、曖昧で調子が良すぎた」

信用されていなかった。

「そもそもな、馬つなぎ場がある遍照寺は、金に困ってなどおらぬ。そんなところへ話を持ってきてどうする」

午拾は続けた。もっともな話だった。境内の利用料が、欲しい寺でなくてはいけない。

「どこの寺が、金に困っているでしょうか」

「そのようなこと、知るものか」

そして直次は、中仙道から御成《おなり》街道へ入ったところにある文殊院へ行った。先日行き倒れを弔ってもらった寺だ。ここでは住職の慈雲と話ができた。

「面白い話ではあるが、絵空事のようにも感じたな」

久米右衛門は、ここへも来ていた。

「できないと見たわけですか」

「さあ、どうであろうか。小屋さえ建てれば、うまく行くようなことを話していた」

　そうはいかないだろうと見たらしい。

「肝心な座頭との話をつけていなかった。昔の知り合いだというだけでは、口約束にもなるまい」

「まったくですね」

「来るならば、はっきりとした話を持ってくるべきであろう」

　旅籠井筒屋の主人と同じようなことを口にした。とはいえそれなりの金子になるならば、使わせてもいいという気配は感じた。

　結局久米右衛門は、数日板橋宿に滞在しても、興行をなすための土台作りはほとんどできていないことが分かった。ただ信じた者もいた。もう少し、板橋宿で粘るのか。

　直次が松丸屋へ戻ると、お路は蒸かし芋を売っていた。二人連れの侍が、丁度買ってゆくところだった。

「逗留していた久米右衛門さんだけど、少し前に出て行ったよ」

　お路が言った。

「ここでの興行をあきらめたのでしょうか」

「そうかも知れないね。板橋宿じゃあ、銭にならないって」

「しかしそれならば、文太夫一座の芝居はどうなるのでしょうか」

やるという前提で話していたと受け取っている。

「お足が欲しいだけで、そんな話をしていたんじゃあないのかね」

文太夫一座の芝居がくるなんて、作り話だったのではないかとお路は言っていた。

「とんだ食わせ者ですね」

とはいえ、旅籠賃は払っていった。松丸屋が損をしたわけではないので、目くじらを立てることではなかった。

ただ芝居には詳しかった。元役者というのは、嘘ではなさそうだった。

「どちらへ行きました」

「戸田《とだ》の渡し場の方だね」

「次は蕨宿で、話をするわけですかね」

しかし蕨宿でできるかどうかは分からない。板橋宿よりも、人家の少ない宿場だ。

五

久米右衛門がいなくなった翌日、直次は朝から芝居興行のことを考えていた。確かに久米右衛門は軽い男だった。口先だけで、事を進めようとしていた。座頭の文太夫とどこまで親しかったか、知れたものではない。

「けれども本気でやったら、どうなるのか」

直次は考えた。

松丸屋は、蕨宿の岩津屋傳左衛門から借りた二十一両を返せなければ、旅籠の建物かお路を奪われる。お路は、自分が連れられて行ってもよいと言っていたが、喜兵衛やお久は望んでいない。直次にしてもそうだ。

瀕死《ひんし》の自分を助けてくれた。しかも松丸屋の者たちは、代償を求めない。そして直次自身は、失うものは何もなかった。ただこのまま松丸屋で過ごせるならばありがたいと思っていた。

これまでは地回りの飯を食ってきた。しょせんは裏稼業で、いざとなったときには庇《かば》ってもらえなかった。松丸屋の人たちには恩義がある。けれどもそれだけのために、興行をしようというのではなかった。

松丸屋を守ることで、己の居場所を拵えるという気持ちがあった。板橋宿の人《にん》別帖《べっちょう》には、直次の名が記されている。松丸屋があってこそのものだ。

無宿者として生きる辛《つら》さは、身に染みていた。

「だったら、勝負をしてもいいのではないか」

と考えた。さらなる借金をするつもりは、毛頭ない。それをすれば、旅籠もお路も奪われる。ただどこまでできるか、できるならばやってみたいという気持ちだった。

そのためには、どのくらいの金子が要るのか。どの程度の利益が望めるのか。何をすればよいのか。そこがはっきりしなければ、夢物語にもならない。

そこで直次は、猿若町と芝神明宮へ行ってみることにした。喜兵衛に断った上で松丸屋を出た。

昨日に引き続き、今日も天気が良かった。お路はお久と客用の布団を干し、繕い物をしていた。旅籠にとっては、欠かせない仕事だ。

まず猿若町の大芝居へ向かった。歩いているだけで、汗が滲《にじ》み出てくる。蒸し暑い一日だった。

木戸へ行って、番人に観劇のための値《あたい》を聞いてみた。

「向こう桟敷ならば、百文だぜ」

番人は、値踏みするような目で直次を見てから答えた。向こう桟敷とは、土間の一番後ろの立見席のことだ。

「そうですかい」

魂消《たまげ》た。振り売りが一日働いて、得られる銭に匹敵する。

「一番高いところは、どうなるんでしょうか」

「おめえが聞いて、どうするんでえ」

偉そうな物言いだった。おまえには縁のない場所だと言っている。

「いえ、訊くだけですよ。どうせ無理なのは分かっていますがね」

下手《したて》に出て応じた。

「桟敷は、枡《ます》で仕切られている。一枡には四人が入って、銀二十五匁だな。一枡を二人や三人で使っても、同じ値だ」

出し物や役者によって、微妙に変わるとか（一両は約銀六十匁、銭ならば約四千文）。

「とんでもない値ですね」

「あたぼうよ。枡席に入る客は、それだけじゃあ済まねえぜ」

「何があるんでしょう」

直次には、見当もつかない世界だ。

「敷物代がいる。これが一人銀二匁だ」

「そんなもの、要らねえんじゃあ」

莨蓙でも敷いてあればそれでいい。

「三座の芝居を観ようてえ客はな、敷物なしじゃあ座らねえんだ」

ようするに貸して、代金を取るという話だ。菓子や酒も食わせる。

「へえ」

「菓子が銀三匁、酒が銀二匁、肴《さかな》代が銀三匁五分だ。それも芝居茶屋を使うからな、その費えもかかるぜ」

芝居茶屋のことは、前に聞いた。

「でもねえ。そんなもの、握り飯を持ってくれれば済むのでは」

「冗談じゃねえ。名の知れた料理屋が誂《あつら》える弁当だ」

「はあ」

「それを幕間《まくあい》に、芝居茶屋で食うんだ」

「なるほど」

そこで直次は、頭で算盤《そろばん》を弾いた。一枡四人で二十五匁ならば一人銀六匁と少しとなる。敷物代を入れて銀八匁として百人入ったら、八百匁だ。これだけで日に十三両を超す。一か月二十八日の興行をしたら、三百六十四両だ。小屋の規模によっては二倍にも三倍にもなるだろう。さらにこれに、向こう桟敷の木戸銭が入る。立ち見ならば、詰めさせることもできるはずだ。心付けもあると察せられた。

「役者さんには、どれくらい入るのでしょうか」

「そうとうだろ。千両役者っていうくらいだからな」

具体的な数字は、木戸番には分からない。

それから直次は、芝神明宮へ足を延ばした。背後にある増上寺の杜《もり》が、青葉に輝いている。

大隅屋文太夫の芝居も晴天ということもあって、前以上に賑わっていた。ここはいつでも取り壊せる仮小屋だ。木戸銭を確かめた。木戸口の横に、買い入れる場所がある。行列ができていた。

すでに札を持っている者もいるから、前売りはあったようだ。

掲示されている額を検めた。敷物付きで一人銀五匁、向こう桟敷は一人八十文だった。猿若町三座よりも安い。とはいえそれでも、盛り場の見せ物小屋とは段違いに高額だ。

一か月二十八日の興行で百人が入ったら、二百三十三両となる。これに向こう桟敷の木戸銭が加わる。ただ天井がないから、本降りの雨が降ったら、幌をかけるだけでは誤魔化せないだろう。

小屋から出てきた者に訊くと、桟敷だけで百二、三十人くらいはいたとか。

「すると一月やれば、二百両くらいはいけるのではないか」

と直次は呟《つぶや》いたが、それは取らぬ狸《たぬき》の皮算用かもしれなかった。さらに木戸の横にも木看板があって、一座にご祝儀を出した客の名と額が記されている。二両、三両と出した者もいた。

木戸銭とは別の実入りとなる。

「座員はどれくらいいるのでしょうか」

「裏方も含めて、十二名だ」

「そういうのを仕切っているのは、座頭の文太夫さんですね」

「ああそうだよ」

訪ねてみたいと思ったがやめた。当たるならば腹を決め、場所や金主の存在などをはっきりさせてからでないと無理だと感じた。文太夫は頑固だというから、一度嫌われると面倒なことになる。

「中村屋久米右衛門さんという人を知っていますか」

「さあ、知らねえな。聞いたこともない」

若い木戸番は答えた。

六

芝から引き上げる道々、直次は考えた。興行は、演ずる一座が決まり条件が整えば実施できる。文太夫は十二人の座員を食べさせなくてはならないから、話には乗るだろう。

ただその条件を、どう整えればいいかが問題だった。

客を呼べない一座が来ても仕方がない。その評判から、大隅屋文太夫一座ならば金を払っても観劇にやって来ると踏んだ。

とはいえ今の直次にしてみれば、雲を摑《つか》むような話である。できないと言ってしまえばそれまでだが、難題であっても、一つ一つ解決していけばできないことではない気がした。

七月末までに、松丸屋は二十一両以上を拵えなくてはならなかった。金子の面を考えれば、他にそれだけ稼げる手立ては浮かばない。

気持ちが動いているのは確かだった。これならば、まとまった金子ができそうだと考えるからだ。

とはいえ興行を進めようとしていた久米右衛門は、姿を消してしまった。やるとなれば、自分が中心になるしかなかった。

人の話に乗るのではない。

久米右衛門は口先だけの男で、芝居興行をねたに小銭を騙し取る程度の者だったと考えられた。一座の木戸番は、久米右衛門を知らなかった。繋がりなどなかったのだろう。

やるならば、文太夫との交渉を含めて、すべてを自分がやるしかない。一昨日《おととい》と今日の、大隅屋文太夫一座の興行の様子が目に焼き付いている。

八《や》つ小路《こうじ》を過ぎて昌平橋《しょうへいばし》を渡ったところまで戻ってきた。人通りは多かった。屋台店や大道芸人が、呼び声を上げている。

つい先ほどまで晴天だった空が、曇ってきた。降るまでにはいかないが、変わりやすい空模様だった。蒸し暑さだけが変わらない。

「おい、おめえは」

近づいてきた地回りふうの男がいた。腕を摑んで言った。

「おめえは、直次じゃねえか」

熊切屋猪三郎の子分の一人だった。驚きの顔になるのを抑えた。

「人違いだ」

摑まれた手を払って、そのまま歩いた。厄介なことになったと思っている。捕り方に襲われた賭場から、逃げてそのままになっていた。

捕り方に怪我をさせたことは間違いない。捕り方はもちろんだが、後始末をさせられた猪三郎は、自分を許していないだろうと考えた。

猪三郎にとって子分は、利用をするだけの捨て駒《ごま》だ。こちらにも言い分はあるが、今はそれにかまってはいられない気持ちだった。

七月末日まで、もう間がない。動くならば、一刻でも無駄にできない。

足を速め、周りの人を避けて進んだ。背後から呼び声が聞こえたが、振り向かなかった。何度か横道に入って、つけられていないことを確かめてから、中仙道へ入った。

居場所を、突き止められてはならない。

松丸屋へ戻ると、店先に蒸かし芋を売るお路の姿があった。額と首筋の汗をぬぐってから近づいた。

「芝へ行っていたんだね」

と言われた。

「分かりますか」

「うん。一昨日一緒に行って、気持ちが強いって分かった」

「そうですかい」

「でも、迷っているんだね。久米右衛門さんはいなくなったし」

「ええ。まあ」

本音を突かれた気持ちだった。腹はだいぶ固まっているが、それではまだ駄目だ。何があってもやりとげるという決意がなければ、成し遂げられない。

興行について、動く金子について、お路に話した。

「松丸屋や私のためならば、やらなくていい。借金は、直次さんに関わりのないことなんだから」

「…………」

そう言われれば、その通りだと思った。とはいえ少し違う気もした。これまで騙されて、人に使われることが多かった。それは熊切屋に拾われる前からだ。しかし今回はそうではない。自分の気持ちでやる。熊切屋の子分から逃げたのは、興行をやりたかったからだと感じた。

「でも直次さんが、自分の気持ちとしてやりたいなら、やればいい」

「そうですね。あっしには、ここよりも他にいるところがない」

お路と向かい合っていると、力が湧いてくる気がした。

「もし直次さんがやろうというならば、私も必死でやる。だってやろうって考えている気持ちの根には、松丸屋のことがあるんだろ」

手伝うのではない。一緒にやろうと言っていた。

「そうですね」

わずかに残っていた躊躇《ためら》いが、それで消えた気がした。

「おとっつぁんだって、おっかさんだって、反対はしないと思う」

興行については、自分で思っていただけだった。けれども始めるならば、松丸屋一家の協力は欠かせない。

そこで直次は、お路と一緒に喜兵衛とお久のもとへ行った。胸の内を伝えた。

「直次さんが、芝居の興行をしようという話ですね」

話を聞いた喜兵衛は、驚いた様子もなくそう返した。

「はい。借金はしません。金子を出してくれる人を探します」

「いますかね」

久米右衛門は手を引いた。手立てがつかなかったからかもしれないが、単に金子を集めたかっただけかもしれない。自分は違うと思った。

「興行があれば、宿外から人が集まります。近郷や江戸からも人が来ます。そうすれば宿内の商いは賑やかになります」

「宿の者も潤う、と言いたいわけですね」

「そうです。大金を出した人だけが儲かるのではなく、宿全体が賑わうとなれば、少しずつでも金子を集められるのではないかと」

高額の出資を拒むものではないが、少額でも出してくれる者が集まれば、それは力になる。久米右衛門のしくじりを考えたとき、自分はどうするかと思案した上でのことだった。

「話してみよう」

興行場所を定めて、一つずつ事を進めるのである。大金を出す者は、一気に大儲けすることを狙っている。それを対象にはしない。

「できないとなれば、すぐに手を引きます」

と直次は口にしたが、取り掛かる以上はやりとげるつもりだった。

「おやりなさい。私たちもできる限りのことをしますから」

喜兵衛は言った。お久も頷いている。

「松丸屋を、一座の人たちの宿泊場にすればいい」

と言ってくれた。部屋は直次が住み込むようになって、雨漏りなどの修繕をした。使える部屋が増えた。

「ありがとうございます」

これで松丸屋が味方になった。もう直次一人ではない。

七

それから直次は、問屋場の厩舎へ足を運んだ。午拾に会うつもりだった。

午拾は諸国を放浪していたときに、旅の一座の興行師と一緒に歩いたことがあると話していた。ならば興行をする場面にも、関わっているのではないか。

分かっていることを、話してもらうつもりだった。

途中で、手土産にする五合の地回り酒を買った。

厩舎へ行くと、午拾は荷馬の出産に立ち会っており、子馬が生まれたばかりのところだった。濡れた子馬の体から、湯気が立っていた。仕事をしているときの午拾は凛々《りり》しい。

片付けが済むのを待ってから話をした。

「手土産を持って来たのは、上出来だ」

午拾は機嫌よく言うと、受け取った五合徳利をそのまま口に運んだ。

「うめえ」

厩舎の裏手にある、午拾の長屋へ行って話をした。万年床の周りに、薬種《やくしゅ》らしきものや紙くずなどが散らかっている。薄《う》っすらと、酒のにおいもした。

早速、芝居の興行をしようと考えていることを伝えた。

「そんなことを言い出すだろうと、思っていたぞ」

話を聞いた午拾は言った。

「そうですかい。気づきましたか」

「まあな。その面《つら》を見れば、覚悟が分かる。松丸屋のためにやるのか」

「いや。てめえのためですよ」

「それならば、本気を出せるだろう」

午拾は言って、湯飲み茶碗《ぢゃわん》の酒を飲み干した。大事そうに、手酌で酒を茶碗に注《つ》いだ。そして続けた。

「おめえの本気が顔に出ていれば、相手に伝わる。それでいいんだ。久米右衛門には、それがなかった」

「はあ」

褒められたとは感じない。問題はこれからだ。

「それでおれに、どうしろというんだ」

金はないぞと付け足した。

「興行師と旅をしたと話していましたね」

「ああ。半年ほどな」

板橋宿に入る前だから、二十年以上も昔のことになる。

「そのときのことを、話してもらえますか」

すると、あっさり答えた。

「忘れたな」

また茶碗の酒を飲み干した。思い出そうとする真似さえしない。何の役にも立っていないのに酒を振舞われて、申し訳ないとは感じていないようだ。

午拾は、徳利を振った。

「もうないぞ」

「はい。ありやせん」

直次は、むっとした顔で答えた。

「もっと飲めば、思い出すかも知れぬ」

午拾は、空になった湯飲み茶碗の底を舌の先で舐《な》めた後で催促した。

「足元を見やがって」

と思ったが、仕方がない。貸徳利でさらに五合を買ってきた。差し出すと、奪い取るように手にしてから、酒を湯飲み茶碗に注いだ。一杯飲んで、臭いげっぷをしてから言った。

「思い出した。中村君之助《きみのすけ》って、名乗っていやがった。わしよりも二十歳くらい下でな」

ならば四十歳前後となる。今を時めく中村屋の身内だったが、何かでしくじり、当代の父親である当時の師匠、先代の中村門左衛門に嫌われた。

「では、大隅屋文太夫を知っているんですね」

「だろうなあ」

同じくらいの歳だから、相弟子として同じ屋根の下で暮らしていたことになる。二人とも破門をされたが、文太夫は宮地芝居の一座を構えた。君之助は旅回りの役者から興行師になったという話らしい。

午拾は酒には意地汚いが、嘘はつかない。君之助が話していたことが本当ならば、文太夫とは知り合いだったことになる。

「君之助さんは、今どこにいるんでしょうか」

今でも芝居に思いがあるならば、役に立ってもらえると考えた。ただ江戸か、その近くにいてもらわなくてはならない。関わりたくないと言われたら、そのときはそのときだ。

「さあ。どうだかなあ」

曖昧な表情になった。

「板橋宿へ来てからは、一度も会っていなかったのですか」

「それが、一度だけ会った。というか、見かけた」

「どこでですか」

「昌平橋の北袂《たもと》で、物貰《ものもら》いをしていやがった。驚いたぜ」

「いつですか」

「あれは、一年半くらい前だな」

初めは分からなかった。気になって何度か見直して、そうだと思った。

「声をかけたんですか」

「いや。かけなかった。あんな姿、知り合いには見られたくねえだろう」

もっともな話だ。

そろそろ夕暮れどきといった刻限だが、昌平橋北袂へ急いだ。

「君之助ってえ、四十歳くらいの人を知りませんかい」

広場で唐辛子を売る屋台の親仁に問いかけた。

「さあ、知らねえな。物貰いかい」

「そうです」

「どこかでくたばっているんじゃねえかい」

何人にも問いかけをしたが、君之助という名の物貰いを知る者はいなかった。

「物貰いがどこへ行こうと、知ったこっちゃあねえさ」

とやられる。出会えるならば幸先《さいさき》がよいと思ったが、振り出しから当てが外れた。

第二章　元興行師

一

次の日は、また朝から雨が降っていた。小雨だが、止《や》む気配がない。引き続き、蒸し暑い日になりそうだった。道端の紫陽花が、濡れそぼっている。

客を送り出した後直次は、蓑笠を着けて松丸屋を出た。雨でも、一日は過ぎてゆく。岩津屋への借金返済を前提として興行をするとなったら、七月中には終わらせなくてはならなかった。

だとすれば、一日でも無駄にできない。すでに五月も七日になっている。一刻でも惜しい気持ちだった。

「まずは大隅屋文太夫さんに当たってみます」

「大丈夫ですか」

文太夫には、何の繋がりもない。お路は、それを案じていた。

「それでも、当たってみます」

午拾から聞いた君之助の場所が分かるならば、まずはそこを頼りたいと思う。けれども居場所の見当がつかなければ、捜しようがなかった。もともと何もないところから始める覚悟だ。難しいからやらないという気持ちはなかった。

芝神明宮では、今日も興行が行われていた。小ぬか雨程度だったので、小屋には幌をかけていた。

「大雨や強風では、興行はできない。でもこの程度ならば、問題はないみたいだね。いつもやっているよ」

お詣《まい》りに来た婆《ばあ》さんが、そう言った。

中止になった場合は、その日の分の収入がなくなる。収入は、天候に左右されそうだ。飲食のための出店は、先日よりも少なかった。それでも色幟は立っていて、見物客がやって来る。

次は境内にいた甘酒売りに問いかけた。

「年に何回か、興行がやって来る。客の入りがいいやつだと、甘酒もよく売れるよ」

「文太夫一座はどうですか」

「いいね。売れ行きは上々だよ。文太夫さんは、この界隈《かいわい》では人気があるからね」

「ではやってくる一座によって、売れ行きが大きく変わってくるわけですね」

「そりゃあそうさ。お詣りだけじゃあない人がやって来る。その数が多けりゃあ、甘酒を飲んでくれる人も増えるさ」

演目は『傾城反魂香《けいせいはんごんこう》』というものだった。直次には、どんな話か分からない。観劇を終えて出てきた老婆に、頭を下げて話の内容を聞いてみた。美服をまとうような客ではない。裏店《うらだな》暮らしに見えた。

「そうだねえ。絵から抜け出た虎を、筆でかき消すっていう話だね」

「へええ」

「筆の力で現われ出た虎を封じ込める修理之助《しゅりのすけ》という絵師の役を、文太夫さんが演じるんだ」

確かに絵看板には、虎の絵が描かれている。人を呑み込んでしまいそうな、怖《おそ》ろし気な顔だ。

「おもしれえんですかい」

「そりゃあね。あたしゃわざわざ、飯倉《いいぐら》からやって来たんだ」

話を聞いただけでは始まらない。向こう桟敷の木戸札を買った。次の回を観ることにした。

「銭を払っても、一度は観ておいた方がいいよ」

そう言って、お路が八十文を出してくれた。

雨でも人は入って行く。入れ込みの桟敷席は、詰めれば百二、三十人くらいが入れそうだった。九割近い入りで、向こう桟敷も二十人以上入っている。

客は大店の隠居やおかみさんといった外見の者もいたが、それだけではなかった。普段着の商家や職人の女房、武家の妻女らしい姿もあって驚いた。

「ここでなら、あたしのようなものでも芝居が観られる」

「まったくだ」

そんなことを口にした、裏店暮らしの老夫婦といった気配の者もいた。

ただ幌が掛けられているので、中はだいぶ暗い。これで芝居が観られるのかと気になった。

開演を告げる柝《き》の音《おと》が、小屋の中に響いた。すると舞台近くに並んだ提灯に、一斉に明かりが灯《とも》された。暗くて見えないというのは杞憂《きゆう》だった。

舞台は京にある土佐将監《とさのしようげん》というう宮廷絵師のわび住まいだ。その弟子の修理之助を演じるのが文太夫である。この近くの竹藪《たけやぶ》に追い込んだ虎は、なかなかの曲者《くせもの》。しかし修理之助は、高名な絵師が描いたものが絵から飛び出したのだと見破った。それを己の絵の力で封じこめて見せると告げて、虎をかき消すことに成功する。文太夫の迫力の演技だ。

見得《みえ》を切ると、観客は「おおっ」と声を上げて手を叩《たた》いた。

「ここはね、『土佐将監閑居の場』っていうんだよ」

横にいた爺《じい》さんが、教えてくれた。話が進むにつれて、客たちの気持ちが昂ってゆくのが分かった。

「絵の道の悟りを開いたな」

将監は修理之助を認め、「土佐」の苗字《みようじ》と、立派な筆を授ける。このあたりになると、直次も芝居に呑み込まれていた。

幕が下りると、直次も夢中で手を叩いていた。

「文太夫さんの芸は、猿若町三座の芸に劣らないっていうからねえ」

「まったく、見事なものだよ」

芝居を観終えて、ますます文太夫を板橋宿へ呼びたくなった。昂った気持ちが治まらない。そこで直次は、木戸番のところへ行った。

「座頭の文太夫さんに、会わしちゃ貰えねえでしょうか」

頭を下げたのである。

「あんた、小屋から出てきた人だね」

頭のてっぺんから足の爪先まで、値踏みするように見てから言った。いつも身につけている着物で、擦り切れかけた草履《ぞうり》をつっかけていた。泥濘《ぬかるみ》の、はねた泥がついている。

見下す言い方だと直次は感じた。

「へえ。ちとお話を」

「何の話でえ。ときどきいるんだよ。見終わって、役者に会わせろってせがむ人が」

いかにも迷惑そうな口ぶりだ。いちいち応じてはいられないということか。

「いや、面倒をかけるつもりはありやせん。ただ一座の皆さんに、板橋宿で芝居を打っていただきてえんですよ」

怯《ひる》みそうになったが、気持ちを掻《か》き立てて明るい口調にして言った。

「ええっ」

大げさに驚く様子を見せた。そして笑った。

「おめえ、興行師か」

「いや、そうじゃありませんがね。そういうことを、しようと思っています」

「場所は、決まっているのかい」

「これから探します。一座が来ていただけるんならば、場所なんてどうにでもなりまさあ」

それで木戸番の表情が、怒りを帯びたものになった。睨みつける目だ。怒りを抑えているようにも感じた。

「場所のあてもなく口にしているのか」

「まあ」

「馬鹿も休み休み抜かしやがれ。一座をからかっていやがるのか」

「いや、そんなことは」

「さっさと失《う》せやがれ。他のお客さんの邪魔だ」

野良犬を追い払うように手を振られた。

「取り次いでいただけたら、ちゃんと話をいたしやす」

「うるせえ」

怒鳴られた。こうなると話にならない。喧嘩をすることはできないので、今日のところは引き上げることにした。

直次は脱いでいた蓑笠を着けた。文太夫が気持ちよく引き受けるとは考えていなかった。それでも、熱意を伝えるつもりだった。

勢い込んできたが、実際は取り次いでもらうことさえできなかった。体から力が抜けた。ただこのままでは引き下がれない。

先ほどの甘酒屋の親仁に問いかけた。

「他にも、宮地芝居をしているところはありませんかい」

文太夫が駄目ならば、違う一座で当たってみようと考えたのである。

「それならば、四谷《よつや》の長善寺《ちょうぜんじ》でやっていたような」

ちと遠いが、場所を聞いて行ってみることにした。四谷大通りを西へ歩いて、大木戸の手前にある寺だとか。

長善寺の境内には、芝居小屋ができていた。敷地は芝神明宮よりも広かったが、小屋の規模は一回り以上小さかった。色幟も立てられていたが数は少なく、芝神明宮と比べると閑散とした印象だった。

色幟には山村屋新三郎《やまむらやしんざぶろう》一座と記されていたが、だいぶ色褪《いろあ》せている。木戸銭を確かめた。

枡席はなく入れ込みの桟敷席で一人百文、向こう桟敷は五十文だった。大隅屋文太夫一座と比べても、だいぶ安い。屋台店などは出ていなかった。本堂の軒下に小坊主がいたので直次は問いかけた。

「小屋には、日にどれくらい入るのかね」

「多い日なら百人を超します、今日みたいに天気が悪いと三、四十人くらいでしょうか」

晴れた日には、饅頭《まんじゅう》売りなどが回って来るらしい。座員は八名で、一月《ひとつき》の公演だそうな。ご祝儀の看板もあって、多い額の客で一両か二両だった。ただ数は、多いとはいえない。うらぶれた感は否めない。

しばらく様子を見ていると、芝居が終わったらしく客が出てきた。中年の商家の女房ふうに問いかけた。

「芝居は、いかがでしたかい」

「まあまあだったね」

それだけ言い残すと言ってしまった。大隅屋文太夫一座の芝居を観た後のような、興奮は感じられなかった。他の客も同じだ。

「そうか」

直次はため息を吐《つ》いた。客たちは、木戸銭を払って芝居を観たことに後悔はしていない様子だ。だから山村屋一座でも、座員八名が食べることはできるらしい。

「けれども、それではだめだ」

口に出して言った。芝居興行は、見終わった者の気持ちを高揚させなくてはいけない。面白かったと、人に伝えてもらわなければ客は増えないだろう。

やはり大隅屋文太夫に来てもらわなくてはいけないと直次は考えた。木戸番には門前払いを喰《く》わされたが、文太夫に会って断られたわけではなかった。気持ちを立て直すことにした。

二

翌朝直次は、これからどう動くかについてお路と話をした。この日も雨だ。眩しい日差しが懐かしい。

「銭を取った分だけ楽しませられる一座ならば、客は間違いなく入るよ」

芝や四谷へ行った話を聞いた後で、お路が言った。芝居を観た感想も伝えている。

「ええ。引き込まれました」

「まずは、興行の場所を決めなくてはならないね」

やるならば、宿内でなければ意味がない。すでに久米右衛門が、めぼしいところは廻って断られたことが分かっている。しかしそれでもどこかに場所を得なければ、話が進まない。

「受けてもらえるでしょうか」

「頼むしかないね」

言われるまでもなく、その決意だった。

「今度は、あっしが頼むってえことで廻ります」

久米右衛門は、宿内の寺社からしたら得体のしれない余所者だ。けれども今の直次は違う。宿場の人間だ。

「ならば私も、一緒に行くよ」

「いや、それでは」

「松丸屋も、話に乗っている。直次さん一人に任せるわけには行かない」

気丈な質だというのは感じている。手伝うのではないと言っていた。その強い気持ちが伝わってきた。直次が松丸屋の借金のために動いていることを、お路は承知している。

直次は、余所者ではないとはいっても新参者だ。宿内で育ったお路が一緒ならば、聞く耳を持つのではないかと考えた。どこへ行くかと話し合って、一番気持ちがありそうだった文殊院の慈雲を訪ねることにした。

文殊院の庫裏へ行くと、慈雲には先客が来ていた。半刻ほど待たされた。境内には池もある。花菖蒲《はなしようぶ》の紫が濡れて、鬱陶しさの中で少しだけ清々《すがすが》しさを伝えてきた。

先客とは、何か揉《も》めているらしい。慈雲の相手をしている男の話し声がときおり聞こえてきた。宿場の者ではなさそうだ。

四半刻ほどして、廊下へ出てきた。三十半ばといった歳の商人ふうだが、どこかに崩れた気配があった。ふてぶてしさも感じた。

「いやあ、お待たせした」

慈雲が言った。帰らせて、ほっとした顔だ。

「折り入って、お願いがありまして」

「ほう。何かね」

まずは聞こうという姿勢だが、あまり乗り気ではない返事だった。厄介ごとを押しつけられると思ったのか。

「七月いっぱい、境内を使わせていただけないかという話です」

直次が言うと、お路も頷いた。二人の総意だと伝えたことになる。内証は苦しくても、松丸屋は板橋宿では何代も続く老舗だ。

「何のために一月も」

何を言い出すのかといった顔だった。

「芝居の興行をさせていただきます」

「ええっ」

驚いた様子で続けた。

「久米右衛門とかいう、得体のしれないやつが来ていたが、その話かね」

「そうではありません。私たちがやろうとしているのは、それとは別の芝居興行です」

「あんたたちが」

「そうです」

自信をこめた声で、お路は返した。この段階で体《てい》よく終わりにされるかと思ったが、そうではなかった。こちらの気迫は、二人分になっているはずだった。

「どのような芝居だね」

「大隅屋文太夫一座を呼びます」

「久米右衛門が口にしたのと、同じではないか」

何だ、といった顔になった。すっかり興味をなくしたらしい。

「文太夫さんは、なかなかの芸がある役者です」

「そうかもしれないがねえ」

「久米右衛門さんは口先だけでしたが、私はそうではありません」

本気で、呼んでくるつもりだった。一度や二度断られて、それで怯んだりはしない。

「ううむ」

慈雲は、少しばかり考えるふうを見せてから問いかけてきた。

「ご寄進は、いかほどいただけますかな」

使用料として、いくら払うかと訊いてきたのである。寺だから、寄進という形になる。

「そうですね」

いきなりこの話になるとは思っていなかったから、少しばかり慌てた。それで大隅屋文太夫一座のことを頭に入れながら、直次は答えた。

「十五両でいかがでしょう」

伝えた額に、根拠があるわけではなかった。興行ができたとしても、いくらの実入りがあるかは全く分からない。けれども吝《しわ》いことを言ったら、話に乗ってこないと思った。誠意は見せなくてはならない。

「ええっ」

明らかに失望の声で、直次は仰天をした。これでも足りないのか。

「ご寄進にあれこれ言うつもりはないですがな、使ってほしいと、こちらが頼んでいるわけではござらぬ」

もったいをつけた言い方だが、もっと出せという意味だ。

「では、いかほどでは」

と尋ねたのはお路だった。この程度のことは、予想していたのかもしれない。

「いや、それは。お志で」

慈雲が返した。

「白々しいことを」

とは思ったが、口には出さない。それ以上、いい加減なことは口にできない。

今日のところは、これで引き上げることにした。

「私が覚えている限りでは、板橋宿に芝居興行が来たことはありません」

文殊院の境内を出たところで、お路が言った。

慈雲にしても、相場がどれほどか分かっているかどうかは不明だ。ただもっと欲しがっていることだけは伝わってきた。

そこで次は、前にも来た遍照寺へやって来た。ここでも、住職に会うのは、手間ではなかった。

「儲けるための興行に、当寺では境内をお貸すことはできませんな」

話を聞いた住職は言った。どう答えようと思っていると、お路が言っていた。

「いえ、寄進でございます」

「そう申されてものう」

困惑顔だ。久米右衛門ならば、たとえ会えてもここで追い返されていただろう。

「十五両で」

と直次は、具体的な数字を挙げた。

「いや」

住職は受ける気配はなかった。文殊院の慈雲よりも、鈍い反応だ。言葉通り興行には使わせたくないのか、金高が気に入らないのかは分からない。

さらに興行に使えそうな広さのある三つの寺社を訪ねたが、どこもやんわりと断られた。

「境内を汚す人や、穢《けが》すようなことをする人もいますからなあ」

興行となれば、宿場の者だけが来るわけではない。得体のしれない不届き者も現われる。それを嫌がっているらしかった。

三

「場所も大事だけど、金主になってもらう人を探すのも欠かせないよ」

寺社への声掛けを済ませたところで、お路が言った。水溜まりを避けて歩いて行く。

「小屋を建てる費えもいるし、興行を知らせる引き札なども拵えなくてはなりませんね」

　直次は返事として、思いついたことを口にした。金主を得て借りることも、祝儀として受け取ることも、場所探しと同じくらい大事だ。先立つものを調えるのも、並行して行わなければならない。

「どちらかが進めば、もう一つもそれを機に、話が捗《はかど》るかもしれない」

「そうですね。当たってみましょう」

　寺社を廻って断られて、気持ちが落ち込みかけていたが、お路に励まされた。

　どこへ行くか考えて、問屋場へ向かうことにした。

　年寄役の藤右衛門を訪ねる。問屋場内の業務全体を差配する宿場役人でもあるわけだから、芝居興行については耳に入れておかなくてはならないと感じていた。

「おや、お二人でというのは驚きですな」

　藤右衛門は言った。

「折り入って、お伝えしたいことがありまして」

「ほう、何だね。揃《そろ》って来たということは、めでたい話だね」

　笑顔になって、直次とお路の顔を順に見た。

「えっ」

何を言い出すのかと思った。

「あんたら、祝言《しゅうげん》を挙げるんじゃないのかね」

と返されて、腰が抜けそうになるくらい仰天した。

「まさか、そんなこと」

慌てた気持ちにもなって、直次は返した。とんでもない話で、考えたこともなかった。

「そうかね。似合いだと思うが」

ますます仰天した。すぐには声も出ない。

「い、いや。それどころではありません」

やっと、これだけ返した。お路が聞いてどう考えているか分からないが、気になった。表情を見たいと思ったが、顔を向けることはできなかった。

「まあ、それはそうだな」

真顔になって、藤右衛門は言った。松丸屋が、厳しい状況になっているのは、気づいているはずだ。

「では、用は何であろう」

年寄役の顔に戻っての言葉だった。

「宮地芝居を、板橋宿へ呼びたいと考えています」

大隅屋文太夫一座を呼ぶつもりであることを伝えた。文太夫が、三座の役者に劣らない芸の持ち主で、人気者であることを話した。

「その話は、前に久米右衛門なる者が口にしていたはずだが」

険しい顔になった。

「これは、私たちが進めようとしている話です。久米右衛門さんは、関わりがありません」

「あんたらが、興行主になろうというわけか」

「そうです」

期せずして声が重なった。

「ふうむ」

藤右衛門は、考えるふうを見せた。

「できれば、金主になっていただければありがたく存じます。興行がうまくいけば、旅人ではない宿外の人が、多数やって来ます。宿内で飲食をするでしょうし、買い物もするかと存じます」

板橋宿の賑わいにも繫がる。興行だから利は求めるが、それだけではないことを告げたつもりだった。

聞き終えた藤右衛門は、問いかけてきた。

「松丸屋は、よほど追い詰められているのかね」

直次の話を聞いて、厳しいと感じていたことが、予想以上だと受け取ったのかもしれなかった。眉根に皺《しわ》が寄っている。

「それは」

返答に困った。問いかけは事実だが、それは松丸屋や直次の問題だと思った。そのために金子を出してくれと頼むのは、筋違いだろう。否定も肯定もできなかった。

返事ができないでいると、藤右衛門が口を開いた。

「芝居興行は、当たり外れがある」

「それは分かっています」

「あんたは、大隅屋文太夫一座の芝居を観たのかね」

「観てきました。たいした芝居だと思いました。たくさんの観客が、喜んでいました」

「なるほど。それで気持ちが固まったわけだな」

「それは確かです」

藤右衛門は、一つ頷いてから返した。きっぱりとした口ぶりだ。

「他の場所で喝采を浴びたとしても、この地の者に受け入れられるとは限らない」

それはそうだと思った。人それぞれ好みは異なるし、何に心を動かすかは分からない。胸の内は、他人には見えないものだ。

「かれこれ二十年くらい前になるか、板橋宿にも一座がやって来た」

「そうでしたか」

「大掛かりにやったが、うまくいかなかった。天候不良でな、何日も幕を開けられなかった。そんなことで、客の入りも悪かった」

ないとは言えない話だと思って聞いた。藤右衛門は続けた。

「あんたらがやろうというのならば、やればいい。ただしくじれば、さらなる借財を抱えるかもしれない」

「そうならないようにする覚悟でございます」

「覚悟はいいが、それではどうにもならないことがある」

ぴしゃりと告げられた。天候のことを言われればそれまでだ。七月には、大きな野分《のわき》がないとはいえない。

ただ怖《おそ》れていたら、何もできないと思った。

「やると腹を決めたのならば、それでかまわない。しかしな、何があっても宿として関わることはできぬ」

宿場の年寄役としては、興行をすること自体は認めるという発言だった。とはいえ、宿場が金主になることはないという話だ。それだけでも、直次にしてみればありがたかった。

「ちと待ちなさい」

藤右衛門はそう言い残すと、部屋から出て行った。少しして戻ると、懐紙《かいし》に載せた小判三枚を差し出した。

「先立つものがいるだろう。使えばいい」

「…………」

すぐには声も出なかった。

「やるのではない。返せるようになったならば、返せばよい。催促はしない」

「あ、ありがたいことで」

宿場の金ではなく、藤右衛門の懐から出た金子だと受け取った。直次は両手をついて、額を床に擦《こす》りつけた。気持ちがありがたかった。

気がつくと、お路も同じことをしていた。

四

「藤右衛門さまは、宿としては関わることができないと言ったけど、私たちの背中を押してくれたのは確かだよ」

「そうですね」

お路の言葉に、直次は頷いた。懐にある三両が、何よりの証拠だ。

問屋場は、いつものように荷の継替えで賑わっている。馬に水を飲ませる馬子《まご》がいる。厩舎には、午拾の姿はなかった。近隣の村にでも、出向いているのかもしれない。馬医者は、晴雨に関わりなく呼ばれる。

「藤右衛門さんが味方になってくれたら、町の人たちもこれまでとは変わる」

お路は続けた。藤右衛門が口にした祝言のことには触れなかった。どう思ったかを訊きたかったがやめた。訊いても仕方がない。

自分は少し前まで無宿者だった。そうでなくなっただけでも、ありがたいとしなくてはいけない。ただ胸に響いた言葉だった。

それから直次とお路は、平尾宿の旅籠出雲屋の隠居を訪ねた。ここの隠居は、久米右衛門にも銀十匁を渡し、事がなるならば五両程度ならば出してもいいと告げていた。宿場の賑わいという点に、注目をしていた人物だ。

「久米右衛門は、銀十匁を懐にしていなくなってしまった。せっかくの気持ちを無にしおって」

腹を立てていた。怒るのはもっともで、同じような話を切り出すのは気が引けた。とはいえ何も告げずに帰るわけにはいかない。

直次は、自身で興行をしたいと思っていることを伝えた。藤右衛門にも、話を通していることに触れた。

「そうかね。藤右衛門さんがねえ」

物言いが柔らかくなった。藤右衛門の効果は大きい。

「私たちは宿場の者ですから、逃げることはありません」

お路が言った。

「しかし大隅屋文太夫を呼べるのかね。あの人は、気難しい人だと聞いているが」

隠居は、少しは芝居に関する知識があるらしかった。文太夫の芸を知っているから、話だけでも銀十匁を出したのかもしれない。

「必ず、承知をさせてみせます」

これができなければ、事が進まない。これは決意だった。

「分かりました。文太夫一座が来るとなったら、五両を出しましょう」

隠居は約束してくれた。

それから久米右衛門を追い返した、宿一番の太物屋へ行った。ここでも、直次の話は最後まで聞いてくれた。それには、藤右衛門が承知をしていることが大きいだろう。

「芝居帰りの客が、ここで太物を買うとは思えない。でもね、宿場が賑やかになるのはいいことです」

とはいえ、話に乗るとは言わなかった。やめろとも言わなかった。

「話が進んだら、もう一度来てもらいましょう」

と告げられた。その後で宿内では老舗の呉服屋へも足を運んだ。

「やれたら、木戸銭を払って観に行きます」

金を出す話にはならなかった。

「仕方がないね」

お路がため息を吐いた。まだ話は、端緒《たんしょ》にもついていない。当然の反応といえた。

多数の飯盛り女を抱えている宿一番の旅籠井筒屋へも行って、主人に会った。太物屋や呉服屋よりも、こちらの方が影響はありそうだ。

「芝居がはねた後、うちで遊んでいってくれると嬉しいがねえ。しかし芝居は、女客が多いのではないかね」

話を聞いた主人は、そんなことを口にした。ご祝儀だと言って一両を出した。決まれば、さらに考えると言い足した。さすがに、旅籠としては儲かっているのか。

「おや」

井筒屋を出たところで、向かいの一膳飯屋へ入って行く商人ふうに目が行った。その横顔に見覚えがあった。

「あれは、文殊院で先客だった人ですね」

お路も覚えていた。旅人相手の、一膳飯屋である。晩飯にはだいぶ早い刻限だった。

「食事をするのではなさそうですね」

中の様子を窺《うかが》った。

商人ふうは主人と話をして、銭らしきものを受け取ると出てきた。それで直次とお路は、一膳飯屋へ入った。

「今、出て行った人は何者ですか」

お路が問いかけた。もちろん主人とは顔見知りだ。

「ああ、見られちまったかね」

主人は、照れくさそうな顔をした。

「ちょっと気になったもので」

お路は小声にして言い、ここだけの話ということで教えてもらった。

「金貸しですよ」

利息を受け取りに来たらしい。

「ただの金貸しですかい」

直次が問いかけた。どうも違うような気がした。直次は地回りの熊切屋で、賭場の中盆《なかぼん》までやった。そこでは熱くなった客に金を貸した。そうやって毟《むし》り取ってきたのである。催促に当たるのは代貸しに近い者だ。

同じようなにおいがしたのである。

「いや、それは」

主人は戸惑う様子を見せた。板場の方へ眼をやった。店には主人しかいない。家の者に気づかれたくない様子だった。

「賭場の借金ですね」

小声にして、直次は言った。主人は渋々頷いた。

「とすると慈雲さんも、賭場の借金を抱えていることになりますね」

「でもお坊さんが、博奕《ばくち》になんか手を出すんだろうか」

「出しますよ」

直次はお路の疑問をあっさり否定した。熊切屋の賭場には、僧衣を脱ぎ、頭巾をかぶった生臭坊主が遊びに来ていた。責める気持ちはないが、損をしたからといって同情はしなかった。

「しかしそれならば、慈雲さんを頷かせることができるかも知れませんよ」

直次は言った。住職とはいえ寺の金子を使い込んでいたら、埋め合わせをしたいだろう。いくら出せるか、一番関心を持っていたのは慈雲だった。

「賭場はどこでしょう」

「巣鴨町《すがもまち》の甲子屋《きねや》さんの賭場です」

「ああ」

熊切屋にいたときから噂は聞いていた。初めは儲けさせるが、ある程度賭けに嵌《はま》ったところで搾り取る。やり口は熊切屋とさして変わらない。

「文殊院の慈雲さまも、借りているのではないでしょうか」

お路が主人に聞いた。

「そうかも知れませんが」

賭場で見かけたことはあるが、話はしなかったという。お互いに会いたくないところで会って、バツが悪かったのだろう。借金があるのかどうかは分からない。

「見かけたときは、損をしているようには見えなかったがねえ」

一膳飯屋の主人は言った。他に賭場に出入りする宿の者は見かけていなかった。

五

借金を抱えているらしい慈雲を頷かせることは、金子さえあればできそうな気がしてきた。ただその金子が、今はない。

「大隅屋文太夫一座をどう呼ぶかも、考えなくちゃいけませんね」

「やっぱりそうだね」

直次の呟きにお路が応じた。同じことを感じたのかもしれない。結局はそこへ行く。雨は止みかけているが、はっきり止んだわけではなかった。湧いてくる汗をぬぐった。

直次は、君之助のことが気になった。午拾から聞いて捜したが、辿り着けなかった。そのままになっている。

「今のままでは、文太夫さんには会うことさえ難しいですからね」

「その一座を板橋宿に呼ぶには、やっぱり昔馴染みがあった君之助さんの力が欲しいところだね」

しかし一年半前にいたという昌平橋の北袂からは、すでにいなくなっていた。

「もう一度、捜してみます」

次の日の朝、直次は午拾の長屋を訪ねた。出かける前に、と思っていた。いつ雨粒が落ちてくるか分からないような空模様だが、降らないのは幸いだった。

午拾は、これから出かけようとしているところだった。

「君之助さんの行方に、見当がつきませんかね」

と尋ねたのである。先日は、たっぷり飲ませてやったではないかという気持ちがあった。

「昌平橋にいなければ、見当などつくわけがねえ。一緒に旅をしたのは、二十年以上も前のことだ」

「何か、思い出すことはありませんか。探す手掛かりになるようなことを、話していたかもしれない」

簡単には引かない。そこを聞きたくてやって来た。

「うーん、そういえば。あいつには姉がいたはずだ」

しばらく唸《うな》ってから、午拾はようやく言った。

「姉ですかい」

自分にもいると、直次は思った。忘れることはない。何かあれば、その顔が頭に浮かんでくる。捜せるものなら捜したいが、広い江戸では捜しようがなかった。

「名は分かりますか。どこにいるんですかい」

「慌てるな」

と返された。またしばらく、首を傾《かし》げた。

「お金《きん》だったか、お銀《ぎん》だったか。両国橋《りょうごくばし》近くの下駄屋だと言っていたような」

「橋の西ですか、東ですか」

「回向院《えこういん》の話をしていたような気がするから、東じゃねえか」

「そこへ行っていますかね」

「行っていねえだろうな。あいつはあれで、気位が高かった。物貰いにまで身を落としていたら、おめおめ会いに行くことはねえだろう」

「そうでしょうね」

自分も、同じだと思った。会いに行くときは、それなりの自分でありたい。

「じゃあ、会いたくねえと思うか」

「いや、それは」

密《ひそ》かに顔を見に行くくらいはするだろう。

「捜せなければ仕方がねえが、行ってみるだけはしてもいいんじゃねえか」

そう言われて、直次は東両国へ足を向けた。

大川に架かる両国橋の両端袂は、それぞれ江戸でも指折りの盛り場になっている。見せ物小屋や露店が出ていて、大道芸人も口上を述べている。

曇天とはいえ降ってはいないので、どちらにもそれなりに人の姿があった。

東両国の広場に接する本所尾上町《ほんじょおのえちょう》の自身番へ行って、直次は書役《かきやく》に尋ねた。

「このあたりの下駄屋で、お金さんか、お銀さんという名の人はいませんかい」

「うちの町には、いませんねえ」

書役は即答した。がっかりはしない。二十年前に聞いた話が、今でも当てになるとは考えない。

次の町へ行く。竪川《たてかわ》に近い相生町《あいおいちょう》だ。ここでも自身番の書役に尋ねた。

「いましたよ、上総屋《かずさや》さんのおかみさんで、お銀さんだね」

町内に店を持つ下駄屋だという。

「歳は、いくつですか」

君之助が四十そこそこならば、それよりも少し上といった歳のはずだ。

「一年ちょっと前に、流行《はや》り風邪を拗《こじ》らせて亡くなりました。四十三だったと思うけど」

「そうですかい」

力が抜けた。

「上総屋さんは、お銀さんのご亭主と倅《せがれ》が今も商いを続けていますよ」

「倅とは、お銀さんが生んだ子ですね」

「もちろんです」

ならば君之助とは、血縁の者となる。わずかに気持ちが動いた。

「名は」

「豊吉《とよきち》さんですよ」

直次は場所を聞いて、上総屋へ行った。表通りとはいえ、間口二間の小店だ。かつがつ食っているといった印象だった。店を覗《のぞ》くと、二十歳前後の若旦那ふうが店番をしていた。鼻緒がすげられていないない下駄が、壁に積まれている。

「あんた、豊吉さんだね」

直次は頭を下げてから問いかけた。

「そうですが」

「あんたのおっかさんは、お銀さんだね」

「ええ、亡くなりましたが」

怪訝《けげん》そうな顔を向けた。

「つかぬことを尋ねますがね、おっかさんには弟さんがいたんじゃあないですかい」

「いたと聞いています」

会ったことはないと言い足した。ただだいぶ驚いている。いきなり現われた知らない者が、亡くなった母親の弟のことを言い出した。

「どんな仕事をしていたか、聞いていますかい」

「役者だったとか」

それ以上のことは、分からない。

「いったいあなたは、どのような」

不審の目を向けてきた。当然だろう。

「いきなりで申し訳ない。その弟さんというのは、君之助さんといってね。私はその人を捜しているんですよ」

「はあ」

困惑顔だ。

「訪ねて来ちゃあ、いないんですね」

直次はかまわず問いかけを続けた。聞き出せることは、なんでも耳に入れておかなくてはならない。

「ええ。居場所が知れませんでしたので、おっかさんの葬儀のときも知らせることができませんでした」

「なるほど」

豊吉にしてみれば、一度も会ったことのない叔父などにさしたる思いはないのかもしれなかった。ただ君之助にしたら、どう思っているか分からない。甥《おい》っ子は、たった一人の血縁となる。

君之助の身に、直次は自分を置いてみた。午拾が、君之助を見たのは一年半前で、場所は昌平橋北袂だった。

「姉のことを知っていたら、それまで時には様子を見に行っていたのではないか」

と直次は考える。たとえ名乗り出ることはできなくても、唯一の血縁だ。そして姉が亡くなったことを知った。

昌平橋から姿を消したのは、姉が亡くなった直後だと察せられた。

「どこへ行ったのか」

知ったことで昌平橋から離れたのならば、移った先は東両国ではないかと直次は考えた。姉はいなくても、血の繋がった甥はいる。こちらは豊吉の顔を知っていても、向こうは君之助を知らない。

姉が生きていたときには東両国にはいられなかったが、今は違う。ともあれ直次は、東両国の広場へ出た。

橋の袂近くに四名の物貰いが、藁筵《わらむしろ》の上に座って頭を下げている。蓬髪の爺さんの傍《そば》へ行った。悪臭が鼻を突いた。膝前の欠け茶碗に、鐚銭《びたせん》二枚を入れて問いかけた。

「君之助という男を、知らないかね」

「さあ」

うつろな目を、向けてきただけだった。四人すべてに尋ねたが、君之助を知る者はいなかった。

「ここに座るのに、名なんていらねえ」

そう答えた爺さんがいた。蓬髪で、目やにがたまっている。歳の見当はつかなかった。この爺さんには、身寄りがいるのだろうか。ふとそんなことを考えた。

「あんたは、ここにどれくらいいるのかね」

問いかけると、睨むような目を向けた。自分のことを聞かれるのは嫌らしい。直次は銭三文を、欠け茶碗に入れる真似をした。けれどもすぐには入れない。返事を待ったのである。

「半年ほど前さ」

根負けしたように答えた。それで三文を、欠け茶碗に落としてやった。

「あんたより古いのは、誰かね」

「隣の婆さんさ」

他の者は、爺さんよりも後からやって来た。だとすると一年半前に移って来ていたら、いないことになる。当てが外れたかと思ったが、地回りふうにも問いかけた。

「君之助だって」

「へえ」

「ああ、あいつならば、回向院の門前にいるんじゃねえか」

と教えられた。地回りは、物貰いからも上前をはねる。

それで直次は、すぐに回向院の門前に行った。そこには見た限りでは歳の分からない男女の物貰いが一人ずついた。

直次はそのうちの男の方に目を凝らした。やはり蓬髪で、ぼろ雑巾をまとったような身なりだ。ただ歳は、中年くらいにも見えた。もっといっているかもしれないが、かまわず声掛けをした。

「あんた、君之助さんだね」

言われた物貰いは、意思のある目を向けた。君之助だと確信した。

「あんたに、助けてもらいたいことがある」

と告げた。あえて助けてもらうという言い方にした。

六

声をかけられた物貰いは不審な目を向けたが、腹を立てたとは感じなかった。

「おめえ、何者だ」

「馬医者の午拾さんに、あんたのことを教えられた者ですよ」

「午拾だと」

首を傾げた。すぐには思い出せないらしかった。

「二十年以上前だが、諸国を一緒に廻ったと聞きましたがね」

「ああ」

思い出したらしかった。それで君之助だとはっきりした。とはいえ、午拾を懐かしがる気配はなかった。

「それで、何の用だ」

まず直次は、板橋宿の旅籠で住み込んでいる者だと告げてから名乗った。

「あんたは中村屋一門の元役者で、旅では興行師の役目をしていたと聞きやした」

「それがどうした」

ややむっとした表情になった。それを言われるのは、面白くないらしい。

「あっしも、興行をやりたいと思っているんですよ。大隅屋文太夫一座の方々をお呼びしてね」

聞いた君之助の目が、一瞬光った気がした。とはいえ、何かを言ったわけではなかった。

「でもね、あっしはど素人《しろうと》だから興行のことは何も分からない。事情が分かるあんたに、助けてもらいたいのですよ」

「どうして、おれなんだ」

「午拾さんは、君之助さんは使える人だって」

そういう言い方はしていなかったが、あえて口にした。

「ふん」

そっぽを向いた。力を貸そうという気持ちはないらしかった。とはいえ、追い払うようなしぐさもしない。

「文太夫さんとは、同じ時期に修業をなすったとか。中村屋一門を出たのも、同じ頃ではないんですかい」

「だから何だ」

「親しかったんじゃあ、ないんですかね」

「今は、えらい違いだ」

「でも、喧嘩別れをしたわけではないでしょう」

それならば、頼れないかもしれない。

「そりゃあそうだが」

「身なりを、ちゃんとすりゃあいいんですよ。そのお手伝いは、させていただきます」

上からの物言いにならないように気を付けた。

「君之助さんは、昌平橋袂からこちらに移ったんですね」

直次は話題を変えた。

「それがどうした」

「こちらには、姉さんがいたとか」

「…………」

「でも、一年ちょっと前に亡くなったそうですね」

「調べたのか」

これは、はっきりと不快そうな口ぶりだった。

「ええ。あたしにも姉がいました。でも生まれ在所から、女衒に連れられて出て行きました。会いたいんですがね、それっきりです」

話していると、しんみりとした気持ちになった。姉のことをこういうふうに口にしたのは、覚えている限りではなかった。

「江戸にいるのか」

反応はないのではないかと思ったが、問いかけてきた。

「そうらしいんですがね」

「捜さねえのか」

「居場所の見当がつかない。捜しようがないんですよ」

岡場所は、江戸のいたるところにある。少しでも手掛かりがあれば、熊切屋にいたときに捜していた。

「君之助さんは、店を訪ねなくても、遠くから見ていたんじゃねえんですかい」

返事は期待していない。直次は続けた。

「でも亡くなったと知ったときには、線香くらいは上げたかったでしょうね」

「そりゃあまあ」

ぼそりとした、やっと聞こえるような声だった。

「上げに行ったらいい」

「何だと」

直次の言葉に対して、明らかに腹を立てた。

「上総屋には、血の繋がった甥っ子がいるっていうじゃあないですか。私なんて、誰一人いねえ」

「うるせえ。おめえのことなど、知ったこっちゃねえ」

「そりゃあそうですけどね。あんたには、行こうと思えば行くことができる場所がある」

少し強い言い方になった。自分の気持ちが、入ってしまった。

君之助は、直次を睨み続けている。目を逸らしてはいけないと思ったから、そのままにした。するとふっと、息を吐いた。

「行けるわけがねえだろ」

これはやっと聞こえるような声だった。

「名乗らなくたっていい。昔の知り合いだって言えば、いいんじゃないですかい」

「ええっ」

驚きの顔になった。

「訪ねるにふさわしい身なりさえしていれば、無礼じゃあない。あの世の姉さんは、きっと喜びますぜ」

これは、自信を持って言えた。

「ううむ」

呻《うめ》き声になった。

「訪ねられたら、芝居の興行師だって言えばいいんです」

「そうかい、そういう話かい」

口先で笑った。責めているのとは違う。自嘲といったものだと感じた。

「どうです。これから、午拾さんと一杯やりませんか」

直次は誘ったが、興行の手伝いをしろとは口にしていなかった。

渋る様子を見せたが、直次は君之助を立ち上がらせた。近くによると、汗と埃のにおいが鼻を突いた。かなりきつい。気にしないようにして歩いて、板橋宿へ向かった。

歩きながら直次は、松丸屋に拾われるまでの暮らしについて話した。君之助は、何も言わずに聞いていた。

松丸屋へ着くと、お久が悲鳴を上げた。直次は連れてきた物貰いが何者かを伝えた。

「このままじゃあ、午拾さんに会えません」

午拾も相当にむさいが、鼻が曲がるほどではない。井戸端へ連れて行って、水を浴びさせた。頭も洗わせた。喜兵衛に頼んで古着も出してもらった。月代とひげも剃《そ》らせた。

「かまわねえんじゃないか」

と渋ったが、その言葉は無視した。

身支度が整うと、幾分かは窶《やつ》れているが、目鼻立ちの整った中年男になった。

それから一升の酒を持って、直次は午拾の住まいへ連れて行った。

七

直次が東両国へ出かけた後、お路は喜兵衛に問いかけた。

慈雲が巣鴨町の甲子屋の賭場からそれなりの借金をしていることは間違いない。昨日寺に来ていた商人ふうは、金貸しの取り立て役だった。一膳飯屋の主人は賭場で慈雲を見かけたとはいっても、借金にまつわる詳しいことは知らなかった。

「甲子屋の賭場に出入りしていそうな人は、他に宿内にもいるんじゃないかね」

そのあたりの事情が分かれば、話を聞くにも手間が省ける。

「まあ。そうだろうよ」

「誰か知らないかい」

「そうだねえ」

喜兵衛は博奕はやらないから、そこらへんは疎いかもしれなかった。腕組をして考え込んだ。

直次は客を送り出した後、早速東両国へ出かけていった。自分も何かしなければという気持ちだった。

直次が興行に熱を入れているのは、松丸屋の借金のためなのは分かっている。大怪我をしているところを助けた。打擲や刃物傷だったから、まともなことで負った怪我でないのは一目で分かった。それでも放っては置けなくて、松丸屋へ連れて行って看護をした。

そして旅籠の手伝いをさせた。

給金はたいして払っていないが、人別も得られた。そのことに恩義を感じての、直次の動きなのだとお路は承知している。悪事に関わっていた時期があるらしいが、今は松丸屋の中でまともに生きようとしていた。

喜兵衛もお久も、直次を買っていた。自分もだ。

「何にでも精一杯に当たるところがいいねえ」

お久はよくそう言う。

直次は、興行を何としてでもやり遂げようとしている。その気持ちが伝わってくるからこそ、お路も自分のこととして興行を成功させたかった。

「直次に任せ切りではいけない」

と我が身に言い聞かせていた。

それにしても、藤右衛門から「祝言を挙げる」のかと問われたのには驚いた。

そんなふうに見えたのが意外だった。直次がどう受け取ったか分からないが、自身が慌てたのは確かだった。それきり話題にもしていないが、ときどき思い出す。

「そうだねえ」

腕組をして考え込んでいた喜兵衛が、声を上げた。

「仲宿の酒屋伊勢屋《いせや》の若旦那卯太郎《うたろう》さんが、行っているかもしれないね」

卯太郎はお路より二つ歳上で、顔見知りではあった。気弱だが、熱中しやすい質だと聞いている。伊勢屋は多くの旅籠や居酒屋に酒を納めていて、内証はいいと評判だった。

「なかなか腰が定まらないと、おっかさんがぼやいていた。賭け事での借金の尻拭いを、親がしたという噂もある」

とはいえその賭場がどこかは分からない。巣鴨町の賭場とは限らなかった。

「ただね、伊勢屋さんの檀那寺《だんなでら》は文殊院だったと思うよ」

「なるほど」

それならば繋がるかもしれないと思った。

お路は、伊勢屋へ行った。

街道を歩いて行くと、提灯屋の定之助が道端にいて目が合った。何か言いたそうにしたが、頭を下げただけで通り過ぎた。お路から話しかけたいことは、何もなかった。

店にいた卯太郎を呼び出した。

「何だね、いきなり」

怪訝そうな目を向けた。

「文殊院の和尚さんのことだけど」

「それが、どうしたんだい」

「あんた、近頃一緒に遊んだことがあるんだろ」

「えっ、何の話かね」

どきまぎした表情になった。それで目論見は当たったと思った。

「近頃は、いつ会ったの」

「そりゃあ、十日ほど前さ。あそこの本堂修築のことで、おとっつあんと行ったんだ。寄進のこともあったからね」

修築費用を檀家衆から集めるのは、どこでもやることだ。けれどもそれは、逃げた「一緒に遊んだこと」の答えではない。こちらが聞きたい内容を察して、逃げたのだと受け取った。ならば一緒に、賭場へ行っているかもしれない。

「そうじゃあない。慈雲さんと巣鴨町の甲子屋の賭場で遊んだんじゃないかと聞いているんだよ」

あえて小声にした。この方が、小心者には脅しになる。

「まさか」

周囲を見回した後で、激しく首を横に振った。

「大げさなことをしたら、目立つよ」

と言ってみた。卯太郎は首をすくめた。ずんぐりした体だから、亀みたいだった。

「ここだけの話にするから、ちゃんと教えてくれなくちゃだめだよ」

「…………」

「慈雲さんは、賭場で借金をこしらえているんじゃないかい」

俯《うつむ》いていた卯太郎は、どきりとした顔をお路に向けた。

「そんなこと」

口ごもった。言えないということらしい。

「言わなくたっていいよ。頷けば」

命ずる口調だ。ここは一気に押し込んでゆく。卯太郎は怯んだ表情になって、小さく頷いた。

「ありがとう。それでいくらくらいなんだろう」

「さあ」

「大体でいいんだよ。五両よりも上かい」

「たぶん」

「十両よりは下なんだね」

頷いた。これだけでも分かれば充分だ。卯太郎を解放してやった。直次が戻ったら、早速伝えるつもりだった。


翌朝は小雨、ぼろ傘を手に君之助が松丸屋へ顔を出した。力を貸してほしいとは思っていたが、駄目といわれたら他の手立てを考えるしかないと腹を括《くく》っていた。嫌ならば、午拾の長屋から東両国へ戻るだろうという判断だった。

「興行がうまく行ったら、上総屋へ線香を上げに行くぜ」

直次の顔を見るなり、君之助は言った。昨夜は松丸屋へ戻らなかった。酒を飲みながら午拾と話をし、向こうに泊まったのだろうと思っていた。

「そうですか、何よりです」

午拾は、興行を手伝うようにと言ってくれたらしかった。

「一歩進んだじゃないか」

お路が、嬉しそうに言った。喜兵衛とお久が頷いている。

第三章　資金調達

一

直次は一人で、文殊院へ足を向けた。お路は買い入れた赤甘藷を受け取り、支払いをする。蒸かすための事前の処理もあるので、旅籠に残る。

蒸かし芋の売り上げは、すでに松丸屋にとっては馬鹿にならない実入りになっていた。

今日もしとしとと雨が降っている。道端の紫陽花が、白や碧《あお》、紫や淡紅の花をつけていて、それはそれで美しいが、じめじめとした梅雨空は鬱陶しい。

君之助が力を貸してくれるのは大きいと思っている。今日こそは、興行の場を決めてしまわなくてはならないと腹を決めていた。

庫裏の玄関へ行って、慈雲に会いたいと告げた。さして待たされることもなく慈雲は現われたが、またやって来たのかといった胸中の思いが顔に出ていた。

「芝居小屋の件だね」

「はい。お考えいただきたく、やって来ました」

向かい合って腰を下ろすと、すぐにその話になった。

「十五両と言っていたな」

やはり金子のことを口にした。伊勢屋の若旦那卯太郎から聞いた話については、昨日のうちにお路から伝えられている。それに絡めた話をするつもりだった。お路が頼まなくても動いてくれたのは、心強かった。

「そのことですが、額を変えたいと思います」

「ほう。引き上げるというのか」

表情が変わった。額を聞こうという姿勢になった。

「十両です」

この答えは、お路の話を聞いた後から考えて、こうしようと決めたものだった。どれほどの収益があるか分からない中で決める額だ。いくらでもというわけにはいかない。

「何だ」

一気に関心を失《な》くした様子だった。今にも立って行ってしまいそうだ。そこで直次は、すぐに付け足した。

「十両は、見える分でしてね。他に十両、これは寺にではなく、御住職様にお渡しするものです」

浮きかけた尻が、落ち着いた。

「どういうことか」

「境内を貸す以上は寄進を受けて、その実入りを明らかにしなくてはならないでしょう」

「当然のことだ」

慈雲は不貞腐《ふてくさ》れたように言った。直次は、変わらない口調で続けた。

「私どもでは、二十両をお渡ししても、受取証の額面は、十両でけっこうというものでございます」

あくまでも下手に出て言っている。

「えっ」

と怪訝な表情になったすぐ後に、こちらが口にした意味に気づいたらしかった。

「帳面に載らない金子が、あれば都合がよろしいのでは」

「ううむ」

苦渋の声だった。

「巣鴨町の甲子屋さんのことも、ありましょう」

独り言のように、できるだけさりげなく口にしたつもりだった。一瞬、慈雲の体が固くなったのが分かった。

「どういうことか」

「いえ、何でもございません」

それ以上は、口にするつもりはなかった。ただ「知っているぞ」と伝えたつもりだった。

慈雲は何も言わない。どうするか、思案をしているようだ。そして口を開いた。

「十両では、安く貸したと檀家衆に責められる」

「そこはご住職様が、得心させていただくしかありません」

興行が評判になれば、宿場へ足を運ぶ者は増える。そのあたりを話してほしいと伝えた。そもそも受取証のいらない十両を手にするのだから、そのくらいのことはしろという気持ちがあった。誰に迷惑をかけるわけでもない。

「力のある一座を呼びます。必ずや宿内だけでなく、近隣の町や村にも噂が伝わりましょう。興行中、境内でものを売りたいという者も現われるのではないですか」

「そうだな」

慈雲は頷いた。

「ありがたく存じます」

直次は深く頭を下げた。七月一日から末日まで、借り受ける算段が付いた。これは大きかった。少しでも早く、お路に知らせたかった。

松丸屋が見えるところまで戻って来たとき、提灯屋の若旦那定之助が近づいてきた。直次は、何事かと立ち止まった。

「忙しそうじゃないか」

声をかけてきた。怪我はだいぶ良くなった模様だった。先月、街道を荒らす賊の一団が現われて、板橋宿の者は、その撲滅に当たった。その先頭に立ったのが恩間と直次だった。賊を追い詰めたところで、捕り方に加わっていた定之助は勝手な動きをした。逆襲されて、命に関わる場面に陥ったが、直次によって救われた。

大怪我はしたが、それで済んだのである。

直次に助けられていても、そのことには一切触れないで今日まできていた。礼を言われたいわけではないから、その点については気にしない。向けてくる目には、敵意がこもっている。その点では気にいらないが、余所者や新参者を嫌うのはどこでもあることだから、受け入れるしかなかった。

「まあ、それなりに」

同じ宿場の者で、松丸屋とは昔から付き合いのある間柄だった。知らぬ顔で通り過ぎるわけにはいかない。

「あんた、芝居の一座を呼ぼうとしているらしいね」

冷ややかな口調だった。どこかで、耳にしたのだろう。噂になって、宿場内に広がっているのかもしれない。

「芝居の興行なんて、当たるかどうかまったく分からない。博奕のようなものだよ」

「博奕とは思いませんがね」

それだけ答えた。どの目が出るか分からない丁半《ちようはん》博奕とは違う。ちゃんとした一座が来て、宿場や近隣の者でも受け入れられる値付けをすれば、人は集まると考えていた。

問題は、どこまで広く知らせられるかだと考えている。

「あんたが勝手にしてしくじるのならばどうでもいいがね、そうではないから見ていられない」

「余計なお世話だ」

と言いたいところだが、口には出さなかった。この男と言い争っても、仕方がない。

「何が、言いたいんですかね」

はっきりさせてほしかった。関わっている暇はない。少しでも早く、文殊院を使えるようになったことを、お路らに伝えたい。

「松丸屋を巻き込んではいけないと、言いたいんだよ」

強い口調だった。言葉に、押してくる力があった。

「…………」

「松丸屋が厳しいのは、あんたも分かっているはずだ。そこで興行をしくじったら、どうなると思う」

定之助はお路に気がある。借金返済の力になろうと告げていることは知っていた。下心があるとしても、松丸屋を救う道の一つではあった。

けれどもそれを、松丸屋の者は誰も望んでいない。他の道を探ろうとしていた。

そんな中で、選んだ道だった。

「松丸屋さんには、迷惑がかからないようにする腹ですがね」

「興行の難しさが、あんたには分かっていない。まだ来る一座も、決まっちゃあいないんだろう。ずいぶんと甘い、いい加減な話だ」

定之助の怒りや不満はどうでもいい。ただ「甘い」と告げられたことは、胸に響いた。精いっぱいやっているつもりだが、抜けているものがないとはいえなかった。

「あんたも知っているだろうが、久米右衛門という者がここで興行をやろうとしていた。ところがあいつは、興行をやるとして受け取った金子を懐に、宿場からいなくなった。あんたは違うだろうが」

そう言われて、体が震えた。殴り飛ばしてやろうかと考えたが堪《こら》えた。こんなことで、めざす興行を頓挫させることはできない。

「一応、伺いました。これで失礼いたします」

それだけ言い残すと、直次は前にいる定之助を避けて、松丸屋へ足を急がせた。

二

「そうかい。興行の場所が、決まったんだな」

直次の話を聞いた君之助は言った。もちろんお路や喜兵衛にも伝えている。定之助に言われたことは伝えない。

お路と喜兵衛は安堵《あんど》した様子だった。

「場所を見ておこう」

君之助が腰を上げた。仮小屋とはいえ、建てる以上は確かめておかなくてはならない。傘をさして、直次は君之助を文殊院まで案内した。

「なるほど、舞台や楽屋を入れても、百人以上を入れられる小屋が造れるな」

鐘楼の傍に立った君之助は、境内を見回しながら言った。祭りの折には、盆踊りが行われる。屋台店も並ぶ場所だった。

「少しくらいの雨ならば、やれるようにするんだ」

君之助は言った。宮地芝居の小屋は、天井をつけられない。雨の日には幌をかける。それができる造りにするということだ。

直次は頭の中で、この場所に芝神明宮にある大隅屋文太夫一座の小屋を置いてみた。すると腹の奥が熱くなった。

「ならばなんとしても文太夫を口説かなくちゃあならねえな」

君之助は文殊院を出ると中仙道に出て、江戸へ向かって歩き始めた。言われるまでもなく、直次はついてゆく。

巣鴨町を経て、江戸の町並みの中へ入った。

途中、日本橋本町一丁目の菓子舗の前で立ち止まった。風格のある建物だった。藍暖簾に鈴木越後《すずきえちご》という文字が染め抜かれていた。

「ここは、極上の練羊羹《ねりようかん》を商っている」

「へえ」

見たことも食べたこともないが、練羊羹が極上の菓子だとは知っている。高額だというのは、重厚な店構えを見ただけで直次にも伝わってきた。少ない実入りのはずだが、よくこんな店を知っていると驚いた。

「文太夫は、下戸の甘いもの好きだ。頼みごとをするには、これくらいのものは持っていかなくちゃなるめえ」

「なるほど」

それはもっともだ。この前は何の縁故もない身で、しかも手ぶらで行った。門前払いを喰わされても仕方がなかったと悟った。

「銭は持っているな」

「はい」

藤右衛門から受け取った金子がある。君之助は、練羊羹二棹《さお》を桐箱《きりばこ》に入れさせた。銀十匁を払った。どうせ食べ終わったら捨てるのに、なぜわざわざ桐箱に入れるのか。無駄な気がするが、余計なことは考えない。

これまでの直次には、まったく無縁の代物だった。

芝神明宮境内の文太夫一座の小屋の前に立った。雨でも、鮮やかな色の幟が、風に揺れている。

君之助は客を入れる木戸口ではなく裏手に回った。そこで出入りをする若い役者ふうに声をかけた。文太夫に会いたいと伝えた上で付け足した。

「昔、中村屋でご一緒した君之助という者だと伝えてくださいな」

それで若い役者ふうは怪訝な顔をしたが、奥へ入って行った。

「どうぞ」

少し待たされたが、会えることになった。さすがに門前払いはされなかった。

楽屋に通された。仮小屋でも、個室があったのには驚いた。六畳ほどの部屋で、贔屓客《ひいき》から贈られたらしい花が飾ってあった。衣装が衣紋《えもん》掛けに下げてある。文太夫は、化粧をしているところだった。

「久しぶりだねえ」

手を動かしながら、君之助に目を向けた。口ぶりに懐かしむ気配があったが、表情は変わらなかった。

「あんたも、これだけになるとは、てえしたもんだぜ。裸一貫から始めてよ」

君之助は、わずかに羨む気配を漂わせて言っていた。うまくいったことを喜んでいるのは明らかだ。

「先代の師匠のところを一緒に出て、三月《みつき》もしないで別々になった。それっきりだからねえ」

文太夫が返した。直次には一瞥《いちべつ》を寄こしたが、何も言わなかった。君之助が紹介をしたが、関心のなさそうな目を向けただけだった。

ここで君之助は、桐箱に入った手土産を押し出した。

「納めてもらいてえ」

「そうかい。ありがとうよ」

手拭いでも貰ったような返答だった。そして続けた。

「これから舞台なんでね。用件があるならば、言ってもらおうか」

「おれは、興行のまとめを頼まれているんだ」

「それでここへ来たわけだね」

用件を察したようだ。

「そういうことだ。どうかね」

君之助は下手に出て言っている。昔は後輩だったにしても、今は境遇が変わっている。

「いつ、どこでだね」

文太夫は役者とはいっても座頭だから、言うべきこと聞くべきことははっきりさせようとしていた。頭から拒絶しているわけではないので、直次郎は話の成り行きに期待した。君之助の身なりは立派とはいえないが、それで拒絶はしない。文太夫には、君之助に対してそれなりの思いがあるらしかった。

「七月で、板橋宿だ」

文殊院という寺だと付け足した。

「その月は、もう決まっている。十月以降ならば、出し物と金子次第ではやれる」

あっさりした物言いだった。昂っていた直次の気持ちが、一気にしぼんだ。心の臓が、痛いくらいだった。ここまで詰めてきたことが、一瞬で崩された気持ちだ。

ただ考えてみれば、五月に頼んで七月に公演というのは、無理な話だと感じた。人気の一座である。けれども十月では意味がなかった。

「七月に、何とかならないかね。他の月に代わってもらうとか」

君之助は粘った。何としても七月でなければならないことは、伝えていた。

「それは私の口からは言えない。君之助さんが話をつけるのはかまわないが」

思いがけない言葉だった。

「本当かね」

君之助の声にも、驚きが混ざっていた。文太夫は「よい」とは言わないが、首を横に振ることはなかった。

「ただ演目は、決まっている。変えることはできないよ」

「何かね」

「法界坊《ほうかいぼう》さ。『隅田川《すみだがわ》続《ごにち》俤《のおもかげ》』ということだね」

「なるほど、あんたらしい、豪快な役だね」

君之助は大きく頷いた。直次にはどのような芝居かは分からないが、二人には通じているらしかった。

「場所は、どこかね」

「四谷大通りの南にある、法蔵寺《ほうぞうじ》という寺さ」

「分かった。役の前に、迷惑をかけた」

頭を下げた君之助は、文太夫の楽屋を出た。直次も続いた。

三

小屋から外へ出ると、雨は止んでいた。木戸札を買い求める客が、行列を作っていた。

「四谷へ行くぜ」

「はい」

直次と君之助は、ぬかるむ道を歩いて行く。道は悪くても、降らないだけ助かった。湧き出す汗を、手拭いで擦《こす》った。

「演ずると言っていた、法界坊『隅田川続俤』ってえのは、どんな話なんでしょうか」

歩きながら、直次は君之助に尋ねた。

「主役の法界坊ってえのは、色と欲の塊といっていいほどの悪い奴なのさ。お家騒動にまで首を突っ込んでお宝をかすめ取る。きれいな娘には言い寄って、誘拐も人殺しもやっちまう」

「とんでもないやつですね」

「やりたい放題やらかして、しまいには正義の人に殺されるんだが、そうなると今度は化けて出てくる」

「厄介ですね」

「ただな、演じようによっては、初めは腹が立っても、次第に豪快で憎めないやつに思えてくる。そこが見どころで、役者としては演じどころなわけだ。芸の力がものを言う。文太夫は、そういう芝居をやりたいのだろうよ」

「楽しみな芝居ですね」

「ああ、あいつらしい演目さ」

文太夫の好みということか。鈴木越後を手土産にしたとはいえ、二十年近く会っていなかったが、好意的な態度だったと直次は感じている。

「どうして二人は、中村一門を出たのでしょうか」

言いたくないならば仕方がないが、話してもらえるならば、聞いておきたかった。芝から四谷はそれなりに距離があるから、長い話でも聞くことができる。

「あいつは、弟子になったときから意地っぱりだった。稽古はよくしたがな。まあ意地っぱりは、おれもだが」

文太夫は端役でも演目が決まると、次の日には他人の台詞《せりふ》まですべて覚えていた。それには師匠である先代中村屋門左衛門も目を見張ったとか。

「でもな、芸事を身につけるには、意地っ張りの方が丁度いい。すぐに諦めちまうようなやつは駄目さ」

「そうかも知れませんね」

「あいつは目立ったから、他の兄弟子に、見えないところで殴られた。衣装を隠されるなどのいじめにも遭った」

「それで君之助さんが、庇ってやったんですかい」

思いついたことを口にした。

「まあ、そうだな。やってたやつらは、嫉《ねた》んでいたんだ。文太夫のことを」

「うまくなると、踏んでですか」

「まあそうさ。そいつらの中には、今、看板に大きな字で名の載る役者になったやつもいるがね」

忌々《いまいま》しそうな口ぶりだ。

「そういうのは、放っておけばいい」

他のやつらは、看板に名が載る前に潰れている。

「まあそうだ」

「でもその程度では、中村一門からは出ないでしょう」

「そうさ、あいつらは雑魚《ざこ》だ」

一たび一門を出てしまえば、三座の檜舞台を踏むことは二度とできない。役者を志した以上、歯を食いしばって堪えるだろう。

「でもな、悶着《もんちゃく》の相手が師匠だったらどうする」

「えっ」

直次には、思いがけない言葉だった。

「当代は知らねえが、先代は息を吸うのにも、同じようにしなくちゃあならねえってえ人だった」

「すべて同じようにしろということですか」

「そういうことだ」

「それじゃあ、いけねえんですかい」

同じ役を演じるのならば、それでいいという気がした。

「おれもあいつも、そうは思わなかったのさ。演じるやつが変われば、同じ役でも少しずつ違いが出る」

それこそが、役者の色ではないかと君之助は言った。

「はあ」

よくは分からないが、直次は聞き続ける。

「でも、先代はそれを認めなかった」

「それで、逆らったんですかい」

「そうだ。おれとあいつは、舞台で思うとおりにやっちまったんだ」

「それでどうなりましたか」

「おおいに受けたさ。万雷の拍手だった。あんなのは、初めてだった」

「よかったじゃないですか。師匠も喜んで、よしとしたんじゃないですか」

御客は絶対だろう。

「舞台がはねた後、おれと文太夫は師匠の楽屋へ呼ばれた」

「褒められたんですね」

「そうじゃねえ、出ていけと言われた」

破門ということだ。

「言うことを聞かなかったからですかい」

「そういうことだ。一門の芸を守れないてえわけだな」

叱責は覚悟していたが、そこまでされるとは予想もしていなかった。言い訳は許されない。

「はい」と答えて、荷物をまとめなくてはいけない。

「それでどうしたんで」

二人とも、多少の貯《たくわ》えはあった。短いとはいえ、台詞のある役に就いていた。

「三月ほどぶらぶらしていたが、文太夫は、宮地芝居の一座に入った。そこならば、思い通りにやれると言っていやがった」

「君之助さんは」

「おれは、不貞腐れていた。理不尽なのは、師匠の方だと思っていたからな」

江戸には居たくなくなって、旅役者の一座に入った。

「でもその一座の芝居が、ひどくてな。一緒に舞台に上がるのがばかばかしくなった」

それで座頭に変わって、興行の部分を受け持つようになった。

「その頃、午拾さんと知り合ったわけですね」

「まあ、そういうことだな」

午拾は複数の役者が流行病に罹《かか》ったとき、手当てをした。一座はそれで持ち直した。

「文太夫は意地っぱりだが、辛抱強い。最後まで、芝居から離れなかった。おれはまだまだ甘かった」

後悔が、気持ちの根にあるらしい。

「だからこの興行は、やってみるつもりでいるんだ」

「へい」

「おめえに声をかけられたのも、何かの縁だろう」

それを聞いて、直次の気持ちが掻き立てられた。動機は違っても、目指すことが同じならばそれでいい。力を合わせられる。

四谷大通りに着いた。お城から西へ、幅広の甲州《こうしゅう》街道が延びている。板橋宿を、もっと賑やかにしたような印象だ。旅籠も商家の数も多い。荷馬が、泥濘を蹴飛ばしながら引かれて行った。

町の者に、法蔵寺の芝居興行について訊いた。

「芝居がくるのかい」

知らない者も少なくなかった。

「いや、楽しみだねえ」

五人目に、そう答える者に出会った。とはいえ具体的なことは、何も知らなかった。

「どこまで、用意ができているかだな」

君之助が言った。

四

直次と君之助は、法蔵寺の山門前に立った。敷地はざっと見ても四千坪以上ありそうで、芝居小屋を建てるにはもってこいの広さだと思われた。風格のある寺だった。

住職を訪ねる前に、境内にいた若い僧侶に直次が声をかけた。

「こちらでは七月に、大隅屋文太夫一座の芝居が行われるそうで」

「ええ、そういうことになっています」

「だいぶ用意も、進んでいるのでしょうね」

「まあ、そうですね」

あまり気持ちのこもらない返事だった。

「芝居を楽しみにしている町の人がいましたが」

「そうですか」

ほとんど気持ちが動かない様子だった。

「前売りの木戸札が、売られているのでしょうか」

そうだと、面倒になると思った。一枚一枚、払い戻さなくてはならないだろう。

「いえ、それはありません」

「あなたも、開幕が楽しみでしょう」

「まあ」

二度続けて口にした「まあ」に、芝居興行を前にした心の弾みがないのを感じた。

「何か悶着が起こっているのですか」

と言ってみた。

「とんでもありません。そんなことはないですよ」

若い僧侶は、慌てて首と手を横に振った。

「檀家衆も、楽しみにしています」

付け足すように言った。それがわざとらしくも思えて、やはり何かがありそうだと受け取った。

「その芝居のことで、ご住職さんにお目にかかりたいんですがね」

君之助が、丁寧に頭を下げた。

庫裏へ行って、直次と君之助は中年の住職と対面した。

「それで、何をお聞きになりたいのか」

会ってはもらえたが、歓迎している気配はなかった。

「話は、進んでいるのでしょうか」

君之助は、文太夫から話を聞いたと付け加えた。

「まあ、小屋の手配もつけたところですからな」

七月公演ならば、すでにそのあたりの話はついているだろう。

「ならば順調な進み具合ですね」

「まあ」

君之助の問いかけに、ここでも「まあ」が返ってきた。ここで直次は、文太夫とのやり取りを思い出した。文太夫も、何が何でも七月は法蔵寺で芝居をするといった口ぶりではなかった。

「君之助さんが話をつけるのはかまわない」

と話していた。それで直次は、言ってみた。

「文太夫さんは、法界坊『隅田川続俤』をやると話していました」

「そこなんだが」

住職は渋面になって、腕組をした。どうやら演目に問題があるらしかった。

「あの人も、一度言い出すときかないからねえ」

呟きを漏らした。

「こちらさんでは、他のものを望んでいなさるのですかい」

すかさず君之助が割り込んだ。文太夫は先ほど、わざわざ演目のことを口にしたのだった。

「檀家衆の中には、他のものを望む声が多い」

「なるほど。ならばそれが決まっていないわけですね」

「そういうことですな」

住職は頷いた。文太夫は、一度言い出したらきかないということは分かっている。だからこそ、自分なりの芸を磨くことができたのだ。ただ宮地芝居は依頼があってのものだとすれば、興行主に逆らうのはおかしいと感じた。

「檀家衆が望む演目とは、何ですかい」

君之助が問いかけた。同じ疑問があるらしかった。

「『義経千本桜《よしつねせんぼんざくら》』なんですがね、文之助さんは嫌がる」

「ああっ」

一呼吸するほどの間を置いて、君之助は小さく声を上げた。思い当たることがあるようだ。そして続けた。

「他の演目に、するつもりはないんですかね」

「そこが面倒でしてな」

金主となっている主だった檀家や町の有力者は、『義経千本桜』をぜひにも演じてほしいと引かないのだそうな。

「何しろ『義経千本桜』は、中村一門ならではのお家芸というではないですか」

「まあ、そうですがねえ」

君之助は頷いた。

「だからこそ私らでは、破格の金子を出そうとしているわけです」

「なるほど、いかほどですか」

いつの間にか君之助は、本題に入っていた。演目がどういう意味を持つのかは、直次には見当もつかない。ただ固唾《かたず》を呑んでやり取りを見詰める。

「寝泊まりの場所をこちらで用意して、百五十両です」

「なるほど。それは高額だ」

君之助は同情する口ぶりで返した。聞いた直次も、少なからず動揺している。大まかにしか計算していないが、それだけ出しては、赤字になる数字だった。その他に、建物にかかる費えや、引き札を拵え各所に貼るための銭などがいる。興行が終われば、小屋は解体して更地にして返さなくてはならない。

「はい。文太夫さんは人気役者だが、しょせんは宮地芝居。天狗《てんぐ》になっているのではないかと言う檀家さんもあります」

「なるほど」

君之助は「しょせん宮地芝居」と告げられたところで微かに眉を動かしたが、

それ以上には不満を面に出さなかった。

「じゃあ、どうでしょう。その興行、私らに譲っていただけませんか」

「えっ」

驚きの目になった。住職にしたら、予想もしなかった話だろう。

「あたしらは、そのためにここへ来たんですよ」

「しかしな」

迷う様子が見て取れる。こちらを焦《じ》らしているのではなく、他に迷う理由があるようだ。

「問題があるならば、言ってもらいましょう」

君之助が返した。

「前金として、すでに五十両を渡してしまっている」

こちらから断ると、返金はなされないという話だ。芝居小屋の手配もしてしまったと付け加えた。

小屋の設営も、断るにしても押さえている以上、それなりの金子がいる。

「確かに難儀ですなあ」

君之助はため息をついて見せた。そして続けた。

「分かりました。ならばその五十両、受け取って来たら、手を引いてもらえますかい」

小屋についても引き受けると言った。

「本気で申されるか」

「もちろん」

「それならば」

安堵の気配があった。檀家と文太夫との間にいて、板挟みになっていたのかもしれない。

五

「文太夫に、話をつけようじゃねえか」

君之助が言った。二人で、芝神明宮までの道を戻る。直次は歩きながら、住職とのやり取りで疑問になった点を尋ねた。

「文太夫さんは、なぜ『義経千本桜』ではまずいのでしょうか」

道々聞いた筋書きは、なかなかに面白かった。

「それは『義経千本桜』が、中村屋の十八番《おはこ》だからさ」

「はあ」

ならばなおさら、やればいいのではないか。

あらすじを聞いた。

物語は源平の戦いで功績のあった源義経が、兄頼朝に疎まれ都を落ちのびていく話だが、それが本筋ではない。死んだはずの平氏の武将知盛《とももり》が実は生きていて、義経に復讐《ふくしゅう》を企てる。また義経を恋い慕う静御前《しずかごぜん》と親を乞う子狐《こぎつね》の哀愁などが描かれているのだとか。

「芝居の中心になるのは平家の武将平《たいらの》知盛といがみの権太《ごんた》という不埒者《ふらちもの》、それに狐《きつね》忠信と呼ばれる狐なんだが、これらは師匠の門左衛門とそれに近い親族しか演じちゃあいけねえんだ」

「大事な演目だということですね」

「そうだ」

「でも文太夫さんはもう中村屋一門ではないので、どうしようとかまわないのではないですか」

「そうだがな、事情がある」

「その芝居で、おれたちは話の展開に関わる大事な台詞のある役を貰っていたんだ」

君之助はしばし間を置いてから、言葉を続けた。

「いや」

「遠慮をしているのですか」

「いい役だったんですね」

「血縁ではない弟子にしては、格別だ」

「でもそれが、破門になるきっかけになったと」

「そういうことだ。師匠にしたら、せっかく役をやったのに、勝手なことをしやがってという怒りになったのだろう」

「因縁のある出し物なわけですか」

「そういうことだ。文太夫にしたら、意地でもやりたくないところじゃねえか」

「でも、五十両を受け取っていますよね。演目を決める前に、興行の話がまとまったのでしょうか」

「おそらく寺の檀家たちが、後から言い出したんだろう。文太夫は筋さえ通していれば、無茶は言わねえやつだった」

「でも、内心では困っているでしょうね」

「まあな。自分からは断れねえさ。そんなことをしたら、約束を違《たが》えたとして、少なくない銭を取られる」

「そこで君之助さんが、話をつけるわけですね」

「何とか、いけるんじゃあねえか」

「小屋の手配はどうしますか」

「法蔵寺で建てる小屋を、そのまま文殊院で建てればいい。場所が変わるだけさ。棟梁にしたら、同じ手間だ。どこでやろうと、銭が入ればそれでいいだろう」

「なるほど」

ただ直次がここへきて気になっているのは、文太夫に支払う金子のことだ。百五十両は厳しい。それは君之助も頭にあるらしかった。

「百両でどうだ。それで話をつけてみよう」

「それならば、ありがたいことで」

直次は、口が乾くのを感じながら答えた。その額でも、どうなるか分からない。興行がうまくいかなくても、払わなくてはならない金子だ。

座員十二名の宿泊は、松丸屋が提供する。

直次と君之助が芝神明宮の小屋に着いたとき、芝居はまだ終わっていなかった。芝居がはねるのを、小屋の外で待った。

大きな拍手の音が終わってしばらくしてから、二人は裏口から小屋の中へ入った。

「たいした拍手だったじゃねえか」

君之助の言葉に、文太夫はまんざらではない顔をした。自分でも、満足をしていたのだろう。

「法蔵寺の住職に、会ってきたぜ」

それで文太夫の表情が、わずかに強張《こわば》った。

「何であれ、『義経千本桜』をやれというのは、難儀な話だなあ」

「そういうことだ」

「どうだね。五十両を返して、それで終わりにしたら。向こうは、それでいいと言っているぜ」

小屋のことも伝えた。

「そうかい。だがなあ」

「まだ何か、あるのかね」

「五十両を、そのまま突き返すわけにはいかない」

躊躇った上での言葉だった。

「受け取った五十両は、もう手をつけてしまっている」

と続けた。返せないという話だ。

「なるほど」

「私も、十二名の座員を食べさせなくちゃならないんでね」

それだけかどうかは分からないが、ないと言われては返答に困る。

「贔屓の客からの、付け届けがあるんじゃないのかね」

「それはそれで、使ってしまうさ」

「すべて使ってしまったのかね」

暮らしは、派手なのかもしれなかった。ただ直次には見当もつかない世界だ。

「いや、そうではないが」

「使ってしまった額を、聞かせてもらおう」

「三十両ほどだ」

「ならば二十両は、返せるわけだな」

そこで君之助は、直次に顔を向けた。

「出せるか」

と目が言っていた。三十両だ。目が飛び出るような金高だった。熊切屋の賭場でしか見たことがない。松丸屋が、岩津屋から借りている金高よりも大きい。自身の判断で、どうにかなる額ではなかった。しかしその返答を、しなくてはならなかった。

「やるしかない」

と思った。

「作ります」

「そうかい。しかしな、何日も先というわけにはいかないぜ。日は迫っているんだからな」

「はい」

直次は、覚悟を決めて頷いた。ここで直次は、文太夫が初めて自分を注視したことに気がついた。

君之助は、目を文太夫に戻した。

「それでどうかね。演目は、法界坊『隅田川続俤』でかまわない。あれは文太夫ならではの役だ」

「…………」


「ただ、百五十両は出せない。百両にしてもらう。どうかね」

そのうち前金は三十両という話だ。

「分かった。七月は、板橋宿へ行こうじゃないか」

文太夫は、腹を決めたといった顔で頷いた。

六

「よし。これで決まった。遅くても四、五日のうちに、三十両を拵えるんだ。小屋造りもあるからな。先延ばしにはできねえ」

一座の小屋を出たところで、君之助が言った。眼差しに興奮があった。

「分かりました。何とでもします」

直次は答えた。気持ちが昂っているのが分かった。今、興行のためにある金子は、藤右衛門と飯盛り女のいる旅籠井筒屋の主人から受け取った四両だけだった。それもすでに一部は手をつけてしまっている。

平尾宿の旅籠出雲屋の隠居から五両が出るにしても、他に二十二両を拵えなくてはならない。しかも五日までの内にだ。とてつもない話だ。

「おれは芝居小屋の棟梁のところへ行く。おまえは金策に当たれ」

「ええ」

ここで直次は、君之助と別れた。まずは板橋宿へ足を向けた。我知らず、足早になっていた。一時降り止んでいた雨が、また降り出している。

直次はまず、松丸屋へ帰った。ここまでの首尾を、お路と喜兵衛やお久に伝えたのである。

「よく、そこまできたねえ」

「いや、勝負はこれからですよ」

喜兵衛の言葉に、お路が続けた。この程度では、まだ喜べない。

「まったくです。これから、当たっていきます」

直次は答えた。そろそろ夕暮れどきで、旅籠は客引きを始める。本来ならばそれに加わるところだが、今日は出雲屋の隠居のもとへ行った。

「そうかね。大隅屋文太夫一座が、板橋宿へやって来るのかい」

隠居は目を細めた。

「板橋宿は通り過ぎる旅の人だけでなく、もっと人を集めなくてはいけない」

そう言って、隠居は六両を出して寄こした。

「これは」

「派手にやっていただきましょう」

隠居は笑顔になってそう言った。直次は次に、井筒屋へ行った。店先では、何人もの飯盛り女が客引きをしていた。

「江戸へ入る前の一晩、楽しんでおいきよ」

猫撫で声を出している。直次はそれを横目に見ながら、井筒屋の主人に会った。長火鉢を間に挟んで向かい合った。

「そりゃあよかった。七月は、宿場が賑やかになりますなあ」

笑顔になって言った。直次は、演目などについて話してやる。

「そりゃあ楽しみだ」

主人は威勢こそいいが、なかなか寄進の話にならない。直次の方から切り出した。

「そこでですがね」

「分かっていますよ」

そして猫板の引き出しから出したのは、三枚の小判だった。

「奮発させてもらいましたよ」

主人は胸を張った。商いは派手になっているが、思いがけず吝かった。

「ありがたいことで」

ともあれ、うやうやしく受け取った。

それから問屋場の藤右衛門のところへ行った。

「そうかね、七月に大隅屋文太夫一座が来るのか。よくやったじゃあないか」

話を聞いた藤右衛門は、ねぎらってくれた。

「宿場全体でも、盛り上げなくちゃいけないね」

芝居を観に来た客が、宿内で落とす金子のことを頭に入れている。それは直次も同じだ。松丸屋だけが儲ければいいとは考えていない。

「明日にも、町の衆には話しておこう」

それはありがたい。廻りやすくなるだろう。


翌朝、松丸屋の客を送り出した後、直次は宿内の主だった商家を当たる。まずは江戸に近い平尾宿からだ。

「ならば私は、上宿を当たるよ」

お路が言った。蒸かし芋はお久が売る。

「私も廻ります」

喜兵衛が続けた。一人ではないと感じることは、支えになる。今日は朝から薄日が差していた。

平尾宿へ行った直次は、早速宿の端にある旅籠の敷居を跨いだ。

「芝居ですか。それは楽しみですねえ」

相手をした女房は、言葉とは裏腹に気のない返事をした。飯盛りは置いていない旅籠だ。興行で、銭が得られるとは考えていないらしかった。

確かにそうかもしれなかった。

「引き札は、店の壁に貼らせてもらいます」

と女房は言い足した。それだけでも、好意的だと考えた。

次に敷居を跨いだ旅籠は、六人の飯盛り女を置いていた。ここは芝居帰りの男衆が立ち寄る可能性があった。

「お力添えをいただけませんか」

「そうだねえ。できることをさせてもらいますよ」

おかみが差し出したのは、銀三十匁（一両の約半分）だった。ここも吝かった。

芝居興行の効果が、よく分かっていないと直次は考えた。

さらに前に来たことがある、呉服屋の敷居を跨いだ。ここも芝居客が立ち寄るとは思えない。それでも銀二十匁（一両の約三分の一）を出してくれた。出された金子と屋号は、綴《つづ》りに記してゆく。

「興行の折には、木看板に書いて木戸口に掲げさしてもらいます」

直次はそう伝えた。

「そうかね。始まったら、また考えるよ」

評判次第、ということらしかった。算盤高い。

次は茶店へ入った。大きな店ではないが、ここは芝居客が立ち寄りそうだった。

直次は興行を伝えた後で、宿内や近郷だけでなく、江戸からも客を呼ぶと伝えた。

「やって来た人たちには、うちで一休みしてもらいたいものだねえ」

おかみはそう言って、銀三十匁を出した。旅籠と同額だった。それなりに奮発したのだ。

直次は一日かけて、丹念に声掛けをして歩いた。

「芝居興行なんて、素人がそんな無茶な」

「今からでも遅くないから、やめた方が」

と口にする者もいた。真顔で引き止める者もいて、その相手には、金子を出してもらうどころではなかった。

「何とか、やってみます」

無理強いはできない。直次としては、そう答えるしかなかった。この日得られた金子は、出雲屋や井筒屋の分を含めても、十両と銀二十匁だった。一座と場所が決まっても、思いのほか集まらない。

七

お路は、喜兵衛と手分けをして上宿の家々を回った。芝居興行を行うなど、まるで夢のようだ。観に行くことさえなかった。

どうなるかと案じていたが、直次は君之助と共に、大隅屋文太夫一座と話をつけてきた。

口で言うだけでなく、体を動かして事に当たる。金子は借りるのではなく、自分で拵えようとする。頼もしい人だと思った。ありがたくもあった。

知り合った初めの頃には、荒んだ気配が窺えた。それが少しずつ薄れていった。

街道荒らしを捕らえたときも、今度も、指図をするのではなく自分で動く。その様を間近で目にしていると、ついて行きたいという気持ちが、日に日に強くなった。難題に当たることへの喜びが湧いてくる。

「あの人と精いっぱいやって、それでだめならば仕方がない」

お路は呟いた。松丸屋は危機に瀕しているが、直次と共にいると闇の向こうに明かりが見えてくるような気がした。このまま行くしかない、という決意だ。

上宿は石神井川に架かる板橋から西の外れの縁切り榎のあるあたりまでだ。まず行ったのが、昔馴染の青物屋で、売り物にしている赤甘藷を仕入れているところだった。

「へえ。文殊院で芝居興行をねえ」

親仁さんは好人物だが、芝居など縁のない人物だ。とんでもないことを聞かされたといった顔だった。ただそれで利を得ようとしていることは分かるらしかった。

「松丸屋さんも、たいへんなんだねえ」

と同情気味の言葉を添えた。

「うちも厳しいんだけど」

と言いながら、銀二十匁を出してくれた。赤甘藷をずっと仕入れてきているということはあるが、それでもありがたい。

「境内で、蒸かし芋を売ります。たくさん仕入れておいてくださいね」

「そうだね。そうなるといいね」

お路の言葉に、青物屋の親仁が答えた。

次に行ったのは一番宿外れにある旅籠で、松丸屋よりも規模は大きかった。

「藤右衛門さんから話を聞きましたよ。ずいぶんと思い切ったことを、しなさるねえ」

口ぶりから「余計なことを」と言っているようにも感じたが、聞き流した。出したのは銀十匁で、仕方がなく義理でといった印象だった。それでもありがたく受け取る。

腹でどう受け取られようと仕方がないと、腹を括っていた。そういう気持ちになれるのは、直次がいるからだ。

草鞋や手甲脚絆《てっこうきゃはん》といった旅の道具を売る小店へも顔を出した。当てにはしていないが、頭を下げて興行のことは伝えておく。古くから近所付き合いをしているから、伝えぬままでは済まないだろう。

「引き札だけは、貼らしてもらいます」

と店番をしていた爺さんが言った。お路はさらに廻って行く。

「何だか怖い話だねえ、危ないよ。しくじったら、あんたはどうなっちゃうんだい。今からでもやめたら」

という者もいた。聞いてぞくりとしたが、今はそれを考えない。

「そうかい、喜兵衛さんも腹を決めたんだね」

と言って、一両を出してくれた飯盛り女を置く旅籠の主人もいた。出してくれるところはそれなりにあったが、宿場の小商いでは出せる額に限りがあった。

夕刻になる前に、お路は松丸屋の近くまで戻ってきた。すると目の前に、下野屋の定之助が姿を現わした。帰って来るのを、待っていたのか。

下野屋は街道の提灯屋として、繁盛している。お路を嫁に貰いたいという話も出ていたが、やんわりと断っていた。松丸屋の苦境を助けるとの条件だった。悪い話ではないが、定之助はそれを鼻にかけるところがあった。

傲慢で身勝手な一面もあって、添いたい相手ではなかった。直次が松丸屋にいることを不快に思っているのは分かっている。宿場から追い出そうとしていた。

「芝居の興行を始めるそうだね」

お路はこれまで、この件について定之助から直《じか》に問われることはなかった。

「ええ」

下野屋へは行っていなかった。行けばそれなりの金子を出してくれたかもしれないが、それはしたくなかった。

「松丸屋も、いよいよ追い詰められているんだね」

急所を突いてきた。それはそうだが、認めるつもりはなかった。

「観に来た人は、宿場にも銭を落としてゆくよ」

お路は、わざと話を逸らした。

「そんなことはどうでもいいさ。私は、松丸屋さんとあんたの身を案じているんだよ」

猫撫で声で、気持ちが悪い。

「それはありがたいけど」

自分でも、気のない返事になったと分かった。

「言ってくれれば、力になったのに。それは前から話していたじゃないか」

責めるような気配も感じた。けれども受けたならば、言うことを聞かなくてはならない流れになる。それが嫌だからなのは、気づいているはずだった。

「あいつだね。あんたや松丸屋さんを騙して、とんでもないことをさせようとしているのは」

「あいつって」

分かっていたが、そう返した。

「直次のやつに決まっているさ」

「あの人は、騙してなんかいない。先頭に立って、精いっぱいやっている」

「ふん。脛に傷のある卑しい奴さ。後で気がつく」

「やめて、そんなこと。何も、知りもしないくせに」

腹が立った。きつい言い方になった。お路の剣幕に、定之助は驚いたようだ。

それでも、かろうじて口を開いた。

「あいつの正体を知らないのは、お路さんの方だよ」

「もういい。かまわないで」

そう告げて、お路は離れた。気持ちが昂って、涙が出そうになった。

直次が平尾宿から戻ると、すでに喜兵衛とお路は松丸屋へ戻ってきていた。お路は、少し疲れたような表情だった。目が合うと、ほっとした様子だった。

「精いっぱい、廻ったけどねえ」

喜兵衛は肩を落とした。お路が集めた金子と合わせて、七両と銀二十匁だった。とはいえ当初からの分を含めても、総計は二十両をやや超えた額でしかない。まだまだ足りない。

「盛り上がれば、もっと出そうと思うのかもしれないが」

喜兵衛が口にした。そうかもしれないが、とりあえずは文太夫に手渡す三十両を作らねばならない。

泊まりの旅人がやって来る刻限になっていた。お久を交えた四人で、客を迎える支度にかかった。

姿を見せた君之助から、芝居小屋の件については話がついたと伝えられた。材木の借賃と設営で、二十二両という額だった。

「これでもねぎったんだぜ。古材木を使うっていうことでよ」

君之助が言った。さらに数日のうちに、手付の金子を渡さなくてはならないと付け加えた。

第四章　観劇の代

一

　翌日も、泊り客を送り出した後、直次とお路、それに喜兵衛の三人は、廻り切れていない宿内の家を手分けして訪ねる。金子は出なくても、文殊院で大隅屋文太夫一座の興行があることは伝えなくてはならない。

　この日も、小雨が止まなかった。蓑笠を着けた旅人が、松丸屋の前を行き過ぎて行く。皆、足早だ。

「藤右衛門さんは伝えてくださっても、私たちが顔を出さないとね」

　喜兵衛の言う通りだった。宿場の住人達には、話を通しておかなくてはならなかった。

松丸屋のことだけを考えていてはいけない。宿場があってこその松丸屋という考えだ。直次は、昨日廻り切れなかった平尾宿から、一軒一軒声をかけて行った。

「芝居興行なんて、本当にできるのかねえ」

「ええ、やるつもりです」

「できないんじゃないかって、噂をしている者もいるよ」

宿場の者たちは、具体的なことは何も分からない。素人が無茶をしている、くらいにしか考えないのかもしれなかった。

「まあ見ていてください」

ただそれだけではない。古着屋の婆さんが言った。

「できるかできないか、賭けをしている者までいるよ」

「さようで」

さすがにこれは、嫌な気持ちになった。松丸屋の精いっぱいの頑張りを、面白がっている。とはいえ、そんなことで気持ちがめげることはなかった。

「おれはやるんだ」

と気持ちを掻き立てた。とはいえ、話を聞いた後の宿場の人たちの反応は鈍かった。飯盛り女を抱えた旅籠と利益が見込める飲食をさせる店は金子を出したが、大盤振る舞いをするようなところは一軒もなかった。

直次が松丸屋へ戻る途中、下野屋の店先で定之助の姿を見かけた。目が合うと、憎々し気な表情になったが、すぐに目を逸らした。

黙礼くらいはしようと思ったが、その隙もなかった。それならばそれで、よかった。

直次とお路、喜兵衛の三人分を合わせても、この日は五両と銀四十五匁だった。総計で二十六両をやや超した程度である。

「まだ四両近くが足りないねえ」

お久が、不安げな声で言った。

たとえ三十両ができても、それは文太夫に渡す金子の分だけだ。小屋を建てるための手付金があり、その他にも宣伝の引き札の用意や、看板や幟も拵えなくてはならない。その他にも、思いがけない急な支出ができるかもしれなかった。

「あればあるだけ助かるさ」

君之助はそう言う。今は看板や幟の手配をしていた。ぼんやりしているわけではない。ただその支払いが、じきに迫ってくる。

「ごめんなさいよ」

三人で話しているところへ、訪ねて来た者がいた。宿泊のための客ではなかった。

「あんたは」

直次は、驚きの声を上げた。前に松丸屋に泊まっていて、大隅屋文太夫一座を呼ぼうと動いていた中村屋久米右衛門だったからである。

「文太夫さんを動かし、文殊院も使えるようになったっていうじゃないか。たいしたもんだよ」

一応感心して見せた。下手に出ているが、ふてぶてしさが全身から伝わってくる。ますます暑苦しさを感じた。

「何とか、ここまできましたよ」

直次は、何の用だと思いながらとりあえず答えた。

「そうなんだろうが、これからがてえへんだ」

口元に嗤いを浮かべた。金子集めに四苦八苦しているのを見越したような言い方だった。

「それで、わざわざ何のご用で」

久米右衛門に同情されたところで始まらない。付き合っている暇はなかった。

旅籠出雲屋の隠居からかすめ盗《と》った銀十匁は、そのままのはずだ。よくも顔を出せたものだと感じる。

「金主が、なかなか集まらないんじゃあ、ないですかね」

直截《ちょくせつ》に言ってきた。調べていると察せられた。

「お力に、なりたいと思いましてね」

久米右衛門の恩着せがましい言い方は、腹立たしい。金子が得られず逃げ出したのは、おまえだろうと思っている。

「あんたが、用立てるとでもいうんですかね」

「私じゃあない。ただ用立てようという方に、口利きをする話ですよ」

「ほう」

「十両や二十両、出すと思いますよ」

「そうかい。ならばあんたが金集めをしていたときに、そこへ行けばよかったじゃねえか」

「あたしじゃあ、出さない。あんたらだからさ」

久米右衛門の弱みを突いたつもりだったが、怯む気配はない。

「私らだからだって」

喜兵衛が返した。

喉から手が出るくらい欲しい金子だった。直次はお路と、顔を見合わせた。

「いったいどなたが」

誰でもいいというわけにはいかない。高利の金では、かえって厄介だ。

「松丸屋さんもご存じだと思いますがね」

「えっ」

「蕨宿の岩津屋さんですよ」

「なるほど」

肩から力が抜けた。喜兵衛は声も出さない。

聞いて多少は当てにしたが、岩津屋では話にならなかった。興行を考えたのは、そこへの返済があってこそのものだ。

金を借りて、あれこれ口出しをされるのも堪えられない。岩津屋傳左衛門の憎々し気な面貌が頭に浮かぶ。何を企《たくら》んでいるか、知れたものではなかった。

「お引き取りいただきましょう」

直次は、改まった口調で告げた。確かめもしないが、お路も喜兵衛も、同じ思いだと考えた。

「後悔をしても、始まりませんぜ」

捨て台詞を残して、久米右衛門は背を向け立ち去ろうとした。その背中に、直次は声をかけた。

「井筒屋の御隠居さんから預かっている金子は、さっさと返さなくちゃいけませんぜ」

聞こえたはずだが、久米右衛門は反応を見せずに通りへ出て行った。

「あいつ、銭を握らせられてやって来たんだね」

「そうだろう。岩津屋は何か企むかもしれないねえ」

お路の言葉に喜兵衛が続けた。確かに岩津屋にしたら、二十一両の返金があれば、旅籠もお路も奪えなくなる。

蕨宿では絶大な力を持っている傳左衛門は、板橋宿に足掛かりを得て、商いを大きくしようと企んでいる。松丸屋を最初の足掛かりにするつもりなのは明らかだった。

「そんなことは、させられない」

直次は呟いた。

二

次の日も、直次はまだ廻っていない宿内の家を訪ねる。今日で一通り廻り終えることになる。降ったり止んだりの空模様で、すっきりしない。

まずは文太夫に三十両を払わなくてはならない。その期限が迫っていた。まだ四両近くが足りない。

さらに君之助が言ってきた。

「小屋を建てる棟梁が、手付金の額を告げてきた」

「いくらですか」

「四両と、言ってきやがった」

今すぐではなくても、数日中には払わなくてはならない金子だ。徐々に追いつめられていくような気がした。

この日は、仲宿で訪ねていないところを廻る。

「芝居なんてめったに来ないから、きっとうまくいきますよ」

かけてくる声はおおむね好意的だが、出してくる金子は吝かった。多くの宿場の人たちにとっては、しょせんは他人事だった。

面白そうならば観に行く、といった程度のものだ。
五、六軒ほど歩いたところで、問屋場の前に出た。厩舎に目をやると、午拾が病馬の手当てをしていた。なかなか手際がいいように見えた。
顔を上げたところで目が合った。

「少し待て」

と言われた。治療が済んだところで、直次は午拾と向かい合った。

「君之助は、役に立っているようだな」

「はい。小屋を建てる段取りをつけてもらっています」

「それは何よりだが、金集めの方ではうまくいっていないのではないか」

「そうですね」

午拾は、どこかで聞いたのだろう。

「どうなるか分からない話に、高い金は出せないと言っていた主人がいた」

「捨て金になると思っているわけですね」

「まあな。初めてのことだから、信用がない。仕方がないだろう」

「ちゃんと、実らせるつもりですが」

「どれくらい足りないのか」

直次の言葉を聞き流した午拾は、問いかけてきた。

「早急に、三十両を文太夫さんに渡さなくてはなりません」

ここまでの金子の状態について伝えた。今日だけでは、一両と銀十匁だった。

「少なくとも、あと十両ちょいとは、欲しいところだな」

「そうですね。頼むときには、ただ出せとは言っていないのですが」

利益が出た場合には、一割の利息をつけると伝えていた。それでも難しい。祝儀として寄こした金子は別だ。

「もう少しで、宿内のすべてを廻ってしまうわけだな」

「そうです」

本音を言えば、心細い気持ちだった。足りない分をどうするか思案していた。ぐずぐずはしていられない。

「これから、どこへ行くかだな」

午拾は腕組をした。そして続けた。

「上板橋村《かみいたばしむら》のさらに西へ行くと、下練馬村《しもねりまむら》がある。知っているか」

「名だけは」

「そこの名主で作左衛門《さくざえもん》という老人は、夫婦で芝居好きだ」

三座の芝居をよく観に行くらしい。

「当たってみてはどうか。あそこならば、十両やそこら、出すかもしれない」

他の村にも小作を持つ、豪農だそうな。

「宮地芝居にでも、金子を出すでしょうか」

「それはお前の、持って行き方次第だ」

当たってみろという話だ。教えてもらえただけでもありがたい。

「分かりました。これから行ってみます」

午拾は宿場だけでなく、近隣の村の農耕用の馬や牛も見ていた。作左衛門とは、長い付き合いらしい。

「おれの名を出せば、話を聞くくらいはするだろう」

午拾は言った。

その足で、街道から田の道へ出た。幸い雨は降り止んでいる。田植えの済んだ田圃《たんぼ》が、一面に広がっていた。

直次は作左衛門の屋敷の前に立った。豪壮な母屋の他に離れ家があって、土蔵が二つ並んでいた。

午拾の名を出して、会えることになった。隠居は五十代後半で、老舗の主人といった風貌だった。

対面した直次は、すぐに本題に入った。

「宮地芝居ねえ」

芝居と聞いたときは目を輝かせたが、三座でないと分かると関心は薄れたようだった。

「大隅屋文太夫一座です」

「聞かない名だねえ」

さっさと話を切り上げたい様子だ。

「座頭の文太夫さんは、先代の中村屋門左衛門さんのもとで修業をした人です」

「ほう」

わずかに顔つきが変わった。中村屋門左衛門のことは、知っているのだろう。

直次は、文太夫が一門を破門になった経緯について伝えた。

作左衛門は、最後まで話を聞いた。

「中村屋の先代は、そういう人だったかもしれない」

そんなことを口にした。

「座員も中村屋一門や三座の一門のもとで修業をした者たちです」

今は芝神明宮で好評を得ていることにも触れた。

「皆、不始末をしでかしたのではなく、芸のことで師匠と合わなくなった者たちなのだな」

「そうです。文太夫さんがまとめています」

一人一人の具体的なことまでは知らないが、君之助はそう言っていた。

「なるほど、面白そうな役者たちだ」

そこで作左衛門は、手を叩いて女房を呼んだ。一回りくらい、歳の若い女房だった。その女房に、隠居は直次がした話を伝えた。

「見てみたいですねえ」

聞き終えた女房が言った。演目を尋ねられたので、法界坊『隅田川続俤』だと答えた。もちろん知っているらしかった。

「そこでですが」

ここで直次は、来意を伝えることにした。

「金主になってほしいという話だね」

分かりが早かった。おおよそ予想はついていただろう。

「さようで」

「どれほどあればいいのか」

直次は、大まかな金子の事情を伝えた。

「ならば、十両出そうじゃないか」

作左衛門は言った。とはいえ祝儀ではなく、貸すという話だった。

「あんたとは初対面《はったいめん》なので、改めて午拾さんとおいでなさい」

「ありがたいことで」

当然だと思われた。

夕刻、直次は午拾を伴って、受取証を持参して下練馬村の作左衛門の屋敷を訪ねた。

「しっかりおやりなさい」

十両を受け取った。

お路と喜兵衛が廻った分も含めて、これで三十九両をやや超える額になった。

三

翌日直次は、君之助と共に、芝神明宮の大隅屋文太夫一座の小屋へ出向いた。今日は、雲の間からわずかばかり日が差していた。風があって、少しばかり蒸し暑さが和らいでいる。

文太夫と向かい合って、直次が前金の三十両を手渡した。差し出された金子の受取証を、懐に押し込んだ。

それから公演に関する諸条件について、文太夫と話をした。

「七月四日を初日として、中三日の休演日を入れて二十九日が楽日でどうでしょう」

二十三日間の興行で、小雨でも行うが荒天ならばなしとなる。

七月になった初めの三日は、役者たちが幟を立て宿内を練り歩く。これは前宣伝で、宿全体を盛り上げるのが目当てだ。

「地元が盛り上がらなければ、客は集まらない」

文太夫の考えだ。

「小屋や舞台については、芝法蔵寺と同じものとするので、問題はないだろう」

君之助が言った。話し合いは済んでいた。

「それでいいでしょう。すでに法界坊『隅田川続俤』の稽古に入っていますよ」

文太夫は答えた。前はまともに目も向けなかったが、前金を受け取ってからは、直次に対して礼儀をわきまえた対応になった。

その後で、直次と君之助は小屋を建てる棟梁のところへ行き二十二両の前金四両を渡した。客席は、入れ込みの桟敷席にして、百二十人が入れる規模にする。さらにその後ろは立ち見の土間にして、詰めれば三、四十人は入れる広さとした。

「雨天用の幌も、手配をしたぜ」

抜かりはないと言っていた。興行に関わるのは久しぶりのはずだが、きちんと段取りを踏んでいるようだ。

「これで、大きなところの話はついたぜ」

君之助が言った。

「世話になりました」

「礼を口にするのは、まだ早《はえ》えさ。これからやらなくてはならねえことは、山ほどある」

それはそうだと思った。

「まずは引き札ですね」

「そうだ。興行のことは、宿内でしか知られていねえ」

板橋宿内の者が見るだけでは話にならない。近隣の宿場や近郷近在の村々、江戸からも来させなくてはいけない計算だ。

それから君之助は、浅草寺裏手にある摺師《すりし》の家へ、直次を連れて行った。引き札を刷らせる。

「ここが、一番安くやってくれるところだ」

君之助は言った。本業は読売《よみうり》を刷ることだとか。

「一枚三文で、四百枚刷る。どうだ」

初老の親仁は言った。読売は一枚四文だと付け足した。

「それでいいでしょう」

版下を拵えるが、まだ木戸銭をいくらにするかは決めていなかった。喜兵衛やお路もいるところで話し合う。

引き札には演目や役者名だけでなく、木戸銭の代や前売りの木戸札の値についても入れなくてはならない。明日にも伝える。

「貼るための、刷毛《はけ》や糊《のり》も用意しなければならねえぜ」

君之助が言った。細かいことだが、欠かせない。

松丸屋では、その日も客を迎えて旅籠としての商いを行った。お路は軒下で蒸かし芋も売った。そして泊りの客がすべて入ったところで、直次とお路、喜兵衛とお久、それに君之助を交えて話をした。

「桟敷には百二十人が入れるとしても、満員になるとは限らない。そこを踏まえて、値を決めてもらいたい」

君之助が言った。決めるのは、松丸屋の者たちだという立場だ。

「私は、境内でいつもの蒸かし芋を売るよ」

お路は言った。

「弁当やお茶。菓子なんかも売れるんじゃないかね」

お久が続けた。

「三座の芝居ならば、名の知られた料理屋から弁当や酒を運ばせるが、ここではさすがにそれはないだろう。握り飯程度ではないか」

君之助は、はっきりしたことを言う。

「まあそれは計算に入れないで考えよう」

喜兵衛は堅実だ。というよりも小心なのだろう。

「芝神明宮での興行では、桟敷席一人は枡のない入れ込みで、敷物代を含めて一人銀五匁でした。向こう桟敷は一人八十文ですね」

直次は前にも話したことを、改めて口にした。

「宮地でも芝はご府内で、ここは宿場だからねえ」

と口にしたのは、お路だった。

「いや、値を下げてはただの旅回りの一座になってしまうのではないでしょうか」

これは直次の考えだ。

「芝神明宮と同じにするというのかね」

「はい。安く見られないためには、その方がいいのでは」

喜兵衛の問いかけに、直次が返した。

「ならば芝と同じで、桟敷は敷物付きで一人銀五匁、立ち見の向こう桟敷は一人八十文でどうだろうか」

喜兵衛が告げた。

「それでいいでしょう」

二十三日間満員になれば、二百両をだいぶ超す。しかしそれは見込めない。幌をかけただけでは済まない風雨もあるだろう。

「でも、返さなくてもいいご祝儀も入るのでは」

お久の、期待を込めた言葉だ。ここで直次は思いついた。

「六月になったら、前売りをしたらどうでしょう」

「札だけを、前もって買わせるわけだね」

「開幕の前に金子が入るのはありがたいが、はたして売れるのか」

お路の言葉に、喜兵衛が返した。

「前売りに限り桟敷で銀四匁で、立ち見ではやらないとしたらどうだろう」

お路の意見だ。客の気持ちを煽《あお》るという意味もある。

文太夫と棟梁には、前金を含めて百二十二両を払う。他にも様々な費えがかかる。引き札の代や貸し座布団の手配もしなくてはならない。目につく新たな幟も必要だろう。

出て行く金子を頭に入れれば、少なくとも百七、八十両は欲しいところだ。そうでなければ、岩津屋から借りている二十一両を返せない。前売りがどの程度出るか分からないが、客が入らなければ話にならなかった。

「じゃあ、それで決まりだね」

お路が言った。

翌日直次は、君之助と共に浅草寺の裏手にある摺師の家へ行った。今日も雨で、傘を手放せない。

木戸銭を伝えたのである。もちろん、前売りのことも入れさせる。図柄については、君之助と打ち合わせていた。

「今日を入れて、三日が過ぎたら取りに来なせえ」

摺師の老人は言った。

帰り道、四宿見廻り役の恩間満之助に出会った。千住宿へ行った帰りだという。これから品川宿へ向かうそうな。

直次は途中まで並んで歩きながら、文殊院での芝居興行についての進捗状態について伝えた。

「思い通りとは言えなくても、今のところは、まずまずの進みようじゃあねえか」

「そうかも知れません」

「そこまで決まったのならば、おれも見廻りついでに、興行の話をするとしよう」

気持ちがありがたかった。少しずつではあるが、着実に進んでいるのは間違いない。

「しかしな、そういうときは気をつけろ。面白くねえやつが、必ずどこかにいるぞ」

言い残すと、恩間は立ち去って行った。

四

二日後の朝、旅人を送り出した後で、直次は浅草寺裏手の摺師の家へ行って引き札を受け取った。仕上がった四百枚を確認して、板橋宿へ戻った。結構な重量になった。

この三日の間に、興行のための幟を三本染めさせた。幟を支える長い竹棹も買い入れた。文殊院の山門と、宿場の両端に立てるものだ。

一座名や役者名を入れた色付きの幟は、芝で使っているものをそのまま使う。

小屋の前に、並べて立てる。

木戸札の用意もした。長さ三寸、幅二寸の木の札で、この板には焼き印を捺《お》した。焼き印はすでに君之助が用意をしていた。

この焼き印は、留守番をしたお久が捺していた。

直次が松丸屋へ戻ると、お路がお久と糊を煮ていた。四百枚分だから、かなりの量になる。

「なかなかの出来だねえ」

しばらく見つめた後で、喜兵衛が言った。お路とお久が頷いた。

これを、直次とお路、喜兵衛の三人が手分けをして持った。お路は宿内とその周辺を、喜兵衛は雑司《ぞうし》が谷《や》や大塚《おおつか》といったあたりを、直次は巣鴨から駒込《こまごめ》あたりへ足を延ばす。

幸い今日は、雨が降っていない。できるだけ人目につきやすいところとして茶店や髪結床、湯屋などに頼むことにした。

「宿内は、無料でお願いできるところだけでいいでしょう」

喜兵衛が言った。一通り廻ったところで、貼ると言ってくれたところは少なからずあった。

「問題は、宿外だね」

君之助が言った。縁もゆかりもない相手に頼むのだから、ただでというわけにはいかない。

「桟敷席の木戸札を二枚つけてはどうでしょう。来なければ、それはそれでかまわない」

喜兵衛の判断だ。銀十匁の張り賃となる。

「もったいない気もするねえ」

「芝居好きでなければ、いらないかもしれない」

お久とお路の言葉だ。

「そのときは、銭五十文でどうでしょう」

「もっとと言われたら」

直次の言葉に、喜兵衛が返した。

「場所にもよると思います。それでもせいぜい百文までかと」

「そんなところだろうねえ」

お路とお久が頷いた。

「こんなこともあるだろうと思って、一両を銭に両替しておきました」

四千文の銭を、お路が差し出した。気が利いていた。

「できるだけ、銭の掛からないところに貼りますよ」

喜兵衛はもともと吝い。

お久を除く四人は、松丸屋を出た。直次は、幟の染まり具合を見に行くという
君之助と中仙道を江戸方面へ歩いて行く。

すると問屋場近くで、午拾と出会った。

「これから王子《おうじ》村の百姓代のところへ行く」

「それならば、都合がいい。ひとつお願いできませんか」

思いついた直次は言った。

「何だ」

午拾は面倒くさそうに応じた。

「芝居の引き札を、百姓代様のお屋敷の門近くに貼ってもらえないでしょうか。

もちろん旦那さんにお断りをした上で」

図々しいお願いだと思ったが、貼ってもらえれば助かる。

「ふざけるな。わしは馬の出産に行くのだ」

「駄目ですかね」

「当り前だ。気安く使うな」

するとやり取りを聞いていた君之助が、口を開いた。

「忙しいときは、馬医者でも使えという諺《ことわざ》があるじゃあねえか」

「うるせえ。そんな諺なんて、聞いたこともねえ」

「いや、ある。あんたが知らないだけだ」

「ふん」

唇を歪《ゆが》めたが、引き札を三枚差し出すと、押し返しはしなかった。

「ありがとうございます」

午拾に感謝をしたが、君之助の押しの強さにも感心をした。当初はやる気がなさそうだったが、今では張り切っている。根っからの芝居好きらしかった。

そして巣鴨町へ入る前で、君之助とは別れた。

貼るとはいってもどこでもいいわけではないから、注意深く道筋に目をやった。中仙道が王子道に交わる庚申塚《こうしんづか》近くに、茶店があった。一休みしている旅人や商人ふうの姿が見えた。

中年のおかみに、直次は声をかけた。

「七月に板橋宿の文殊院で、大隅屋文太夫一座の公演があります」

「板橋宿というのは珍しいね」

文太夫のことは知らないらしいが、反応は悪くなかった。

「ええ。それでこの引き札を、そこの壁に貼らしちゃあいただけないでしょうか」

二枚の木戸札を差し出して頭を下げた。目当ての壁は、街道を歩いていると目につく場所だった。

「おや、嬉しいねえ。芝居なんて十年ぶりだよ」

おかみは木戸札が嬉しいらしかった。直次は自分で、壁に引き札を張った。

次に行ったのは湯屋だ。番台にいた番頭に頭を下げた。

「うちは休みなしの稼業だからねえ。芝居なんか、見に行っている暇はないよ」

あっさりと言われた。脱衣の壁には、酒や食べ物の引き札が貼ってある。

「おいくらで貼っていただけますんで」

頼み方を変えた。

「男湯と女湯の両方で、七十文だね」

「ならばそれで、お願いいたします」

七十文を渡して、男湯は直次が自分で貼った。女湯の方は、番頭に渡した。

次は髪結床へ行った。

「芝居だって」

「はい。江戸三座に劣らない芸ですよ」

「おりゃあ、芝居なんてどうでもいいぜ」

店の親仁は、客の髪を結いながら答えた。あからさまな口ぶりだった。

「でも、お客さんは面白がるかもしれません」

直次が言うと、客の方が声をかけてきた。中年の商家の主人といった見た目だった。

「どこの一座だね」

関心があるらしい。

「大隅屋文太夫一座です」

「ああ、そこの芝居は見たことがある。なかなかだった」

そして客は、髪を結っている親仁に言った。

「貼らしてやったら」

「しょうがねえ、その辺に貼りな」

壁を指さした。

「ありがたいことで」

二人に頭を下げて、直次は壁に貼り付けた。結局ここは、木戸札も貼り賃も取られなかった。

そして次に行った足袋屋は、相手にされなかった。

結局巣鴨界隈の町では、合わせて二十三枚を貼らせてもらうことができた。

それから直次は、駒込界隈の町へ行った。

「うちは、余所の町の引き札は貼らないんだ。余所へ行きな」

一膳飯屋の親仁が言った。次に入った湯屋では、男湯女湯の両方で百文取られた。それでも、初めは百二十文だったのを、値切ったのである。二十文でも、馬鹿にはできない。

少し行った先に、茶店があった。そこは貼らせてもらうには都合のよい場所だった。ところがそこで、怒声が上がった。

「ふざけるんじゃねえ。茶をひっかけるとは何事だ」

男が叫んでいる。目をやると、破落戸《ごろつき》ふうが、茶店の若い女中を睨みつけていた。女中はしきりに頭を下げている。

「あいすみません。こちらの方の足が、いきなり出てきたもので」

必死の言い訳だが、足を出したとされた男が絡んだ。

「なんだと。おれのせいだというのか」

娘を睨みつけた。怯えた娘は、もうそれで声も出せなくなった。そこで店のおかみが、割って入った。

「とんだ粗相をいたしまして」

お捻《ひね》りを差し出した。

「何だこれっぱかり」

茶をかけられた方の男が、お捻りを地べたに叩きつけた。額が不満らしかった。

そこまで見たところで、直次は近づいて行った。糊や刷毛、引き札は、濡れていない商家の軒下に置いてある。二人は仲間で、もっと高額を出させようとしている。意地汚いやつらだった。

「もうそれくらいで、いかがでしょう」

下手に出ているが、目は茶をかけられたと騒いだ男を睨みつけた。ざっと見た限りでは、茶はたいしてかかっていない。裾のあたりが、少しばかり濡れているだけだった。

「何だと、この野郎」

相手はこちらを、一人だと見て舐めたらしい。

懐に手を入れた。匕首《あいくち》の柄《つか》を握ったらしかった。直次は着物の上から、その手首を握りしめた。そのまま引いて、相手の体がぐらついたところで足をかけた。

「うわっ」

男の体が、もんどりを打って転がった。その右手首を、足で踏みつけた。そしてもう一人の男に目を向けた。同じように、懐に手を入れたところだった。思いがけない展開に、驚いている気配があった。

「懐のものを、抜いちゃあいけねえよ。抜いたらこいつの腕の骨が砕ける。二度と悪さができなくなるには都合がいいが、どうする」

「この野郎」

凄《すご》んで見せたが、言葉に力がなかった。直次は手首の上にある足に、力を入れた。

「ううう」

踏まれている男は、呻き声を上げた。

「うせやがれ」

足を外して叫ぶと、まず懐に手を入れていた男が駆け去った。倒れていた方も起き上がると、慌てた様子で先に逃げた男を追った。

「ありがとうございます」

おかみが、直次に頭を下げた。

「お見事だったねえ」

茶店の客だった一人が言った。

「まったくだ」

他の客たちも、安堵の声を出した。

ここの茶店では、一番目立つところへ二枚並べて貼らせてもらった。木戸札も銭も受け取らなかった。

「うちでも、貼っていけばいい」

客の一人が言った。小間物屋の女房だった。

駒込界隈では、しめて二十一枚貼らせてもらった。

その日、雑司が谷界隈と大塚界隈を廻った喜兵衛は、三十六枚を貼ってきた。宿内を廻ったお路は、百三十一枚貼ることができた。

まずまずの滑り出しだった。

五

翌日直次は、根津《ねづ》から本郷《ほんごう》界隈を歩いた。この日も曇天。朝から蒸し暑い一日だった。じわりじわりと汗が滲み出てくる。手拭いは欠かせない。半刻も使った手拭いは、汗でぐっしょりとなる。近くの井戸へ行って水を汲み、すすいで絞ってから使った。

冷たいから、そのときだけは気持ちがいい。

「わざわざ板橋宿まで芝居見物に行くかねえ。猿若町へ行けばいいんだから」

根津や本郷は、板橋宿までやや距離がある。面倒だという気持ちは、分からなくはない。

「でも木戸銭の額が違います」

「そりゃあそうだが」

「宮地芝居といったって、中村屋一門で修業をした役者ですからね。いい芝居をご覧いただけます」

直次は胸を張ってそう返した。この日は、四十四枚だった。

喜兵衛は音羽《おとわ》と関口《せきぐち》界隈を廻って、三十八枚だった。滝野川村《たきのがわむら》と金井窪村《かないくぼむら》へ行った午拾には、合わせて五枚貼ってもらった。さらに余分に五枚を持たせた。もう苦情は言わなくなった。さすがに文句を言うのを諦めたのか。

これで貼り出した引き札は三百枚を越した。

さらに次の日、直次はこれまで足を向けなかった蕨宿側へ足を向けることにした。小雨だが、気にしない。

蕨宿には、金を借りている岩津屋がある。多数の駕籠舁きを使って稼いでいる岩津屋は、蕨宿を本拠地としていた。

松丸屋を呑み込もうとしている傳左衛門は、興行を成功させようとは考えていない。だからこそ久米右衛門を使って、金を貸そうと言ってきた。素直に力を貸してもらえるとは考えない。

「傳左衛門という人は、蕨宿では絶対的な力を持っているからねえ」

喜兵衛は折に触れて口にする。そんな男から借りなければよかったと直次は思うが、傳左衛門は表向きの対応は悪くない。また蕨宿のためには、力を尽くした。戸田の護岸工事には高額の寄進をしたことも、広く知られていた。

「苦しいときに優しいことを言われて、つい借りてしまったんですよ」

　今でも喜兵衛は、後悔の言葉を口にする。

　宿役人も手懐《てなず》けていると聞いていた。そうなると、怖いものなしだ。乱暴者の駕籠舁きたちを子分にしているのは大きい。それらは流れ者の不逞浪人や破落戸を、宿場から追い払う。だから宿場の者たちは、傳左衛門を頼りにした。

　蕨宿は、荒川が間にあるとはいえ、隣の宿場であることは変わりない。だから引き札を貼らせてもらえるならば、貼りたかった。蕨宿だけでなく、その先の浦和宿や大宮宿あたりにも貼り出したいところだった。

　戸田の渡しの手前、前野村では名主の家の門近くにすでに引き札が貼ってあった。これはすでに午拾に渡した分の一枚らしかった。ちゃんと用事を果たしてくれているのはありがたい。

　外見は気の利かなそうな無骨者にしか見えないが、やることはやってくれる。下練馬村の名主は十両を出してくれたが、それは午拾が口を利いたからだ。直次が返金できなければ、午拾が信頼を失う。

　小豆沢村《あずさわむら》から志村と歩いて、一枚ずつ頼んだ。そして戸田の渡し場へ出た。荒川は大河で、豊富な水量で近隣の田圃を潤している。

渡し場にある茶店の藍染の幟が、雨に濡れて小さく揺れていた。ここは渡し舟に乗る者が必ず立ち止まる場所だから、何としても茶店の壁に貼らせてもらいたかった。旅籠や旅の道具を商う店の引き札なども貼ってあった。

「芝居の話は、聞いているよ」

茶店のおかみは、そう答えた。木戸札二枚で、目立つところへ貼ってもらうことができた。

直次は乗り合いの渡し舟に乗って、対岸に出た。客待ちをする駕籠舁きの姿があった。岩津屋の配下の者たちだ。

ここにも、茶店がある。舟から下りた者は嫌でも目にする場所だから、貼ってもらいたいところだ。すでに何枚かの引き札が貼られている。

早速直次は、店先にいたおかみに声をかけた。

「うちは蕨宿以外の宿場の引き札は、貼らないことにしているんです」

きっぱりと言われてしまった。

「いや、そこを何とか。板橋宿での芝居でも、客はきっと蕨宿にも流れてきますよ」

と粘っても、相手にされなかった。

蕨宿に入った。ここで誰かに見られているような気がした。そちらに目をやると、客待ちをしている駕籠舁きの二人だった。冷ややかな眼差しで、目が合うと一瞬睨みつけるようにしてから逸らした。直次の顔を知っているらしい。

親分である傳左衛門の意に逆らう者として受け取っている模様だった。気にせずに、最初に目につく草鞋などの旅道具を商う店に入った。

店にいた主人に、引き札を貼ってもらえるように頼んだ。

「よその宿場のものは貼らないよ」

あっさりと告げられた。ここでも、最初の一言で相手にされなくなる。十三軒に声をかけて、すべて断られた。蕨宿以外の商家の引き札が貼ってあるところでも、同様だった。

「他の宿の引き札も、貼ってありますよ」

「それは、親類のものさ。あんたうちの親戚かい」

満足に話も聞いてもらえない。

頼みごとをする前の、蠟燭屋の小僧に問いかけをした。

「板橋宿で芝居の興行があるのを知っているかね」

「そういえば、番頭さんが話をしているのを聞きました」

「何を話していたのかい」

「芝居は、岩津屋さんとは関わりがないって。やって来た人が、話していた」

「なるほど」

それだけでも、この宿内では話が通じるのだと直次は解釈した。宿場の者は、岩津屋の意向には逆らわない。損得のないことならばなおさらだ。貼って嫌われてはかなわないということか。

「廻って来たのは、岩津屋の人かね」

「いえ違います」

「では、誰だろう」

「岩津屋に逗留している人です」

歳の頃は、四十前後だという。聞いて頭に浮かんだのは、久米右衛門の顔だった。

そこで直次は、岩津屋へ行った。岩津屋の前には、何丁かの空駕籠が並んでいる。数人の駕籠舁きがたむろをしていた。

傳左衛門が、若い駕籠舁きに何かを命じている。若い駕籠舁きは怖れている様子が見て取れた。

近くにある居酒屋へ行って、掃除をしていた若い女中に問いかけた。岩津屋に逗留している四十歳前後の人物について問いかけた。

「ええ。久米右衛門さんという方が、逗留しています。若い方たちと、飲みにおいでになります」

半月近くになるそうな。松丸屋を出てから、ここへ来たと推量できる。蕨宿へも直次が来ることを想定して、手を打ったのだと察せられた。

「ならばこの宿場では無理だな」

と悟った。残念だが仕方がない。

浦和宿へ足を延ばした。

「へえ、板橋宿で芝居ねえ。これは珍しい」

面白がる者はいた。蕨宿とは、明らかに反応が異なった。ここでは十七枚貼ることができた。

さらに大宮宿まで足を延ばした。二十一枚貼ったところで、直次は板橋宿へ戻った。

「六十枚ほど余りましたが、雨などに濡れたら張り替えましょう」

直次の報告を聞いた喜兵衛は言った。

この日の夜、少し強い雨が降った。雷がいくつも鳴って、松丸屋の近くにも落ちた。これで梅雨が明けると思われた。

六

目を覚ますと、雨は止んでいた。泊り客を送り出して街道に出ると、からりと晴れた空から、強い日が落ちてきていた。

直次とお路は、手分けをして貼った引き札の様子を検めに行くことにした。必要に応じて張り替える。

お路と同じことを目指し、打ち合わせをするのには、これまでに経験したことのない充足感があった。朝夕の食事は、四人で同じものを食べる。粗食ではあっても、その充足感に繋がっていた。

板橋宿内はお路に任せ、直次は宿外へ出た。

まず巣鴨の町に入った。一つ一つ検める。雨に濡れた気配はあったが、問題がなければ通り過ぎた。

「おっ」

中年の女房ふう三人が、張り紙を見て何か言っている。立ち止まって、直次は聞き耳を立てた。話の内容が気になった。

「面白そうだね」

「でも高いよ」

「何を言ってるんだい。猿若町へ行ったら、こんなもんじゃないんだから」

来てくれればありがたい。そこで笑顔を拵えて声掛けをした。

「前売りならば、安くなりそうですよ」

「まあそうだねえ。それでも、あたしのへそくりは、ごっそり減っちまうよ」

「それは嫌だね」

「でもさあ、辛気臭い亭主の顔を見ているよりは、よほどいいんじゃないかねえ」

一人が言うと、他の二人ががははと笑った。

さらに歩いて行くと、庇のないところに貼った引き札は濡れて無残なものになっていた。これは張り替えた。そして駒込界隈へ行った。

「おおっ」

驚くことがあった。引き札が剝ぎ取られていた。濡れ落ちたのではない。明らかに破り取られた跡だった。

周囲に目をやると、くしゃくしゃになったそれが泥濘に浸《つ》けられていた。その上を、踏みつけられている。もう使い物にならない。

「これは、わざとやったな」

腹が立ったが、こういうことはあると考えた。すぐに新たなものを貼り直した。

気を取り直して歩き始めたが、葉茶屋《はちゃや》の前で立ち止まった。

「ううむ」

ここの壁に貼らせてもらった引き札も、乱暴な感じで斜めに剝ぎ取られていた。剝ぎ取られた引き札は、丸めたまま水溜まりに浸けられていた。これも使い物にならない。

さらに他に貼った場所へ目をやる。それらも剝がされているのが分かった。他にある芝居興行以外の引き札は、剝ぎ取られていない。

「くそっ」

怒りが湧き上がった。酔っぱらいが、たまたま目についた引き札を剝ぎ取ったといったたぐいのものではない。何者かが、悪意を持ってやったのだ。

「誰がやった」

と考えて頭に浮かんだ者はいるが、証拠はない。駒込界隈のすべてを検めると、十一枚やられていた。すべて貼り直した。

「剝がされるところを、見ていませんでしたかい」

目についた人に尋ねた。五、六人目で、剝ぎ取る様子を目にした者がいた。

「朝の内だけど、遊び人みたいなやつがやって、剝いでいった」

駆けてきて、あっという間にやって逃げていったそうな。他を当たった。根津では七枚だった。


夕暮れどきにはやや間のある刻限だ。恩間満之助は中仙道を板橋宿へ向かって歩いていた。千住宿へ行った帰りのことだ。

文殊院での芝居興行がその後どうなったか、聞いておこうと思ったのである。

梅雨が明けて日差しは強くなったが、じめじめしているのよりはよほどいい。ほっとしていた。

「あれは」

商家の壁に、新しい引き札が貼られているのに気がついた。板橋宿で行われる大隅屋文太夫一座の興行を知らせるものだった。恩間は立ち止まって、引き札に書かれている文字に目を走らせた。

「そうか、ここまできたか」

直次から話を聞いている。満足の思いだった。

さらに歩いて、巣鴨町界隈に出た。街道を歩いていて、十間ほど先を、人が走るのに気がついた。遊び人といった外見の男だ。

壁に貼り付いたかと思うと、貼られている紙を剝がして丸め、残っていた水溜まりに投げ込んだ。そして踏みつけると、また走った。

おかしなやつだなと思って目に止めた。こちらへ向かって来る。そして目の前の茶店の入口に貼ってある引き札に手をかけた。これも破り取ったのである。急いでいるからか、恩間がいることには気がついていない。

丸めて泥濘に捨て、踏みつけた。

恩間の目には、その引き札が何の引き札かはっきりと見えていた。前のも同じだろうと考えた。駆け寄った。

気づいた遊び人ふうは逃げ出した。

「そうはさせない」

ふざけたやつだ。捕らえて、わけを言わせなくてはならない。追いかけた。

していることが悪いことだと分かっているらしく、男は必死で駆けてゆく。水溜まりなど気にしない。ただ慌てていて、泥濘に足を取られた。滑って転んだところへ駆け寄った。

腕を摑んで、押さえつけた。腕を強く捩《ね》じると、男は悲鳴を上げた。

「なぜこのような真似をした」

「銭を貰って、た、頼まれたんだ」

「誰にだ」

「知らねえ、やつだ。剝がすだけでも、日に二百文貰えた」

命じたのは、商人ふうだという。

「顔を覚えているか」

「分かる」

というので、男を連れて、松丸屋へ行った。

直次は、夕暮れ前に松丸屋へ戻った。すると恩間がいて、得体のしれない遊び人ふうを伴っていた。お路らと共に話を聞いた。

「するとこいつが、引き札を剝がしていたわけですね」

怒りが湧いてくる。せっかくなしたことを、踏みにじってきた者だ。

「他にも雇われた者がいたらしいが、それがどこにいるか、こやつには分からないようだ」

この男が剝がしたのは、巣鴨の他は、本郷界隈だけだという。すでに恩間は、問い質《ただ》しを済ませていた。男は八つ小路でふらついていたところで声をかけられたとか。頼んだ者の名も聞かされていない。

「四十歳前後の商人ふうに、覚えがあるか」

問われた直次は頷いた。

「久米右衛門という者です」

お路も頷いている。直次は久米右衛門について説明をし、さらに今は蕨宿の岩津屋へ逗留していることを伝えた。

「よし。面通しをさせよう」

直次は恩間と共に、蕨宿の岩津屋へ男を連れて行くことにした。

夕暮れどきになっても、日は落ちそうでなかなか落ちない。眩しい夕日を浴びながら、三人は戸田への渡し舟に乗り込んだ。

岩津屋の敷居を跨いだ。声をかけると、傳左衛門が出てきた。恩間が現れたのには驚いたらしかったが、それで怯んだような気配は見せなかった。

「久米右衛門を出してほしい。ここに逗留しているはずだ」

恩間は単刀直入だ。

「ええ。ここに居ましたがね、今日の昼間に出ていきました」

傳左衛門は、動じる様子もなく答えた。連れて行った男に目をやってから、問いかけてきた。

「こいつが、どうかしましたんで」

「芝居の引き札を、破いていた」

「そりゃあ、ふざけたことをしやがるやつだ」

睨みつけた。

「やらせたのが、久米右衛門だと見ている。こやつが話した年恰好が似ているのでな」

「顔を見させるつもりだったわけですね。そりゃあ、残念なことで」

白々しい言い方だった。

「本当に、今日出て行ったのでしょうか」

岩津屋を出たところで、直次は言った。

「それは分からない。やり取りを、どこかで聞いていたかもしれねえ」

ただこの程度のことで、家探しはできないと恩間は続けた。

七

翌日板橋宿内では、芝居の引き札が破られたという話が広がった。どこまでも広い江戸の町とは違うから、あっという間のことだった。

「とんでもないことをするやつがいるねえ」

「せっかく盛り上がってきているのに」

宿の者たちは、松丸屋に同情的だった。直次や君之助、松丸屋の者たち三人の動きを、認め始めてきていた。

「しっかりおやりなさい」

と、声をかけてくれる者がいる。

その昼過ぎ、上宿にある古着屋の婆さんが、松丸屋を訪ねてきた。相手をしたのは、丁度土間にいた直次とお路だった。

「どんな気持ちで、引き札を剝いだんだろうねえ。何か、気に入らないことがあったのかもしれないけど」

引き札の話をした。お喋《しゃべ》り好きな婆さんだった。来れば、いつも長《なが》っ尻《ちり》になる。

「実は昨日の朝ね、駒込に用があって行ったんだよ」

「いろいろ、御用がありますねえ」

お路が愛想よく返した。

「そしたら、見かけたんだ」

とんでもないことだといった様子で、声を潜めた。

「何をですか」

どんなことでも、聞いてやらないと不機嫌になる。

「あの引き札の前で、じっと立って見ている人をさ」

「なるほど」

「あたしはね、あれを剝がしたのはその人だと思ったよ」

「どうしてですか」

「だって、いかにも憎々し気な目で引き札を見ていたから。あのひと、あたしが見ていなかったら、剝がしたかもしれないよ」

ありえないことではないとは思った。昨日の遊び人だけが、引き札を剝がしたわけではなかった。

「そいつ、誰だと思うかい」

「さあ」

「下野屋の定之助ですよ」

「ええっ」

お路は小さく声を上げた。

「あいつさ、お路さんに熱を上げていただろ。あたしは気づいていたよ」

「…………」

「でも直次さんがやって来た。うまくやっているのが、気に入らないんだ」

「そんなことは」

直次が返した。

「あるよ。焼きもちというのは、男だって女だって、根が深いからね」

するとお路が、きっぱりと言った。

「定之助さんは、そんなことはしませんよ」

直次も、そうではないと思った。古着屋の婆さんは、近所のことを注意してよく見ている。目にしたことを話題にするのが好きなのは分かっていた。針ほどのことを、棒のように言うこともあった。

婆さんが口にした通り、定之助が直次を憎んでいるのは確かだ。だから直次が単独で興行を図っているのならば、邪魔をしたかもしれない。しかし松丸屋のすべてを恨んでとは思えなかった。

それに定之助は、人にいいところを見せようとする質ではあるが、何枚もの引き札を剝がそうとするとは思えなかった。せいぜいやっても二、三枚ではないか。ただ久米右衛門と手を組めば別だとは思った。とはいえ、定之助が久米右衛門と手を組む利点はない。

「下手なことは、言わない方がいいですよ」

お路はそう念を押して、古着屋の婆さんを帰らせた。

その後で、直次はお路と話をした。

「定之助さんは身勝手で傲慢なところがあります。でもそれは、ご自分をよく見せたいというところがあってのことです」

「確かにそうですね」

盗賊に怪我を負わされたのは、自分をよく見せようとして勝手な真似をしたからだった。

「何枚剝いだところで、あの人が他から良く見られるわけではありません」

「誰かに見られたら、評判を落とすだけですね」

ところがその噂も、思いがけず早く宿内に広がった。古着屋の婆さんは、黙っていられなかったらしい。

「あの人、そんなことをするのかい」

「面白くないことが、あるんだろうからね」

街道を歩いていて、直次はそんなやり取りを耳にした。

「定之助さんは、そんなことはしていませんよ」

割って入って伝えた。定之助には酷いことをされているが、やってもいないことで非難をされるのは違うと思った。

お路も他所でその噂を聞くと、違うという話をしたそうな。

六月になった。炎天の日が続いている。

前日までに、あらかたの支度はした。引き札が剝がされることも、あれ以来なくなった。直次は胸を撫で下ろしている。

「通りを歩いていると、芝居のことを尋ねられるようになりましたよ」

喜兵衛が言った。

もう少しすると、文殊院の境内に芝居小屋が建てられる。そしてこの日から、前売りの木戸札が売られることになっていた。

販売は、もちろん松丸屋で行う。前売り用の木戸札も、すでに充分用意をしていた。

「売れるといいねえ」

旅人を送り出した後で、喜兵衛とお久は、文殊院へ祈願に行った。直次はお路と松丸屋にいて、前売りを買うための客を待った。君之助も気になるらしく、外出をしなかった。

松丸屋の前の道を、旅人が通り過ぎて行く。しかし立ち止まる者は、なかなか現われなかった。出入り口には、両脇に三枚ずつ引き札を貼って目立つようにしている。『前売り札発売所』という紙も貼った。

昼四つ近くになって、初めにやって来たのは、見覚えのない中年の商家の女房ふうだった。二枚を買った。

「どちらからお見えでしょう」

「巣鴨からだよ。引き札を見たからねえ」

ありがたかった。次は根津から来た職人の小僧ふうで、三枚買った。

「おかみさんに、言われたんだよ」

大工の見習いだとか。三番目は、滝野川村の百姓の中年の女房だった。

「午拾さんに勧められてさ」

二枚だった。この日は、夕刻までに五十六枚売れた。ほとんどが宿外からだった。

「引き札を貼っているところは、もう木戸札が行っているからねえ」

お久が呟いた。売れ行きがよいのか悪いのか、見当もつかない。

「まあ。こんなものじゃないかねえ」

君之助が言った。

第五章　客の祝儀

一

　前売りをはじめて、四日目となった。直次ら松丸屋の四人は、前売りの木戸札を買う客を待った。

「木戸札を買うことで、お手伝いするよ」

　引き札を貼らせてもらって、すでに二枚の引き札を渡した宿内の茶店のおかみが、さらに二枚を買いに来てくれた。昔からお久と親しくしている者だ。こういう客はありがたいが、他の町の、見も知らない者が買いに来てくれるのはさらなる喜びだった。

「五月の芝神明宮でやった『傾城反魂香』を観たんですよ」

「ああ、あれはよかった。私も観ました」

芝居好きで、どちらも文太夫を贔屓にしているようだ。楽し気に話しながら引き上げて行く。

前売りを買いに来て、たまたま一緒になった知らぬ者同士が、芝居の話で盛り上がる。そのやり取りを目にするのも楽しかった。

この日は、六十一枚売れた。

「これはすごい」

喜兵衛は相好を崩した。

「開演前に売切れたら困りますね」

お久はそんなことまで口にした。

五日目は、三十二枚になった。前の日よりもだいぶ減ったが、それは気にしない。

「売れる日もあれば、そうでない日もある。それは仕方がない。明日になれば、きっとこれまでを超えるよ」

お路は、案じ顔の喜兵衛やお久に言った。直次も、商いとはそういうものだろうと考えた。

翌日になった。蟬《せみ》の音が、あちらこちらから聞こえる。強い日差しが、宿場の道と行き過ぎる旅人を照らしていた。

昨日までならば、朝五つには買い求める最初の客がやって来た。それがなかなかない。

「今日は出足が遅いようだね」

通りに出て街道に目をやってきたお路が言った。蒸かし芋は、すでに四本売れている。

四つを過ぎて、ようやく一人やって来た。音羽からやって来たという隠居ふうの老爺《ろうや》だった。

「婆さんと、観に来ます」

二枚買って、楽しみにしていると付け足した。そしてまた、客足が途絶えた。

昼近くになって、関口からやって来た商家の小僧が、主人に命じられて求めに来た。二枚である。

半日過ぎて、四枚が売れただけだった。

「観たいと思う人は、昨日までに、あらかた来てしまったのかねえ」

お久がため息を吐いた。

「何にしても、一枚で銀四匁というのは安くはないからね」

喜兵衛が、己に言い聞かせるように呟いた。

「でも当日ならば、銀五匁なんだから」

「そうだけど、やっぱり考えちゃうんじゃないかねえ」

お路の言葉に、お久が返した。

確かに芝居は、三座のものではなくても、宿場や村の者からすれば贅沢な娯楽といっていい。よほどのことでなければ、二の足を踏むのかもしれないと直次は考えた。

夕刻近くになって、一人二人と客がやって来た。昨日までと比べると、売れ行きが急に途絶えたといってよかった。蒸かし芋の方が、よほど売れた。

直次が帳場でそれまでかかった費えの綴りに算盤を入れていると、外の軒下でお路が誰かと話す声が聞こえた。

前売りを買いに来た客ではなさそうだ。相手の声に聞き覚えがあった。定之助だと分かった。売れ行きのことを尋ねているらしい。直次はつい、聞き耳を立ててしまった。

「商売には波があるからね。売れない日もありますよ」

定之助が慰めているようにも聞こえた。

長話はしていない。すぐに立ち去った模様だった。

一時定之助には、興行の引き札を破いたのではないかという噂が広がった。そのため嫌がらせのようなことをされたと聞いた。しかし直次にしてもお路にしても、松丸屋の者は定之助がしたのではないという発言や態度を取ってきた。事実そう思っていた。

そして噂は、いつの間にか消えていった。

定之助がそのことで、松丸屋に何かを言ってきたことはないが、お路に話しかけてきたのは一つの区切りになったのではないかと直次は思った。結局この日は、十一枚売れただけだった。

「明日は客足が戻るでしょう」

喜兵衛が言った。

そして翌日、期待したが客足はさらに落ちた。夕方までで、売れたのは六枚だった。蟬の音が、煩わしく聞こえた。

宿場の者や比較的近い巣鴨界隈の者は、一人も顔を見せなかった。

八日目に至っては、正午になっても誰一人現れなかった。

「何かあったんでしょうかね」

「このままじゃあ、とんでもないことになるよ」

喜兵衛とお久は、顔を青ざめさせた。

「様子を見てきましょう」

そこで直次は街道へ出た。直次にしても、穏やかではない気持ちだ。

顔見知りと出会えば、挨拶をする。場合によっては、二言三言言葉を交わす。

今日は、まったくそれがなかった。

「はて」

知らぬふりをされるわけではないが、出会う宿場の者がよそよそしく感じた。

貫目改所の近くで、宿内の商家の女房三人が立ち話をしていた。直次が近くを歩いているのに気がつかない。

「何でも大隅屋一座っていうのは、大根の集まりだっていうじゃないか」

「そうだよ。中村屋にいられなくなって、出された人たちばかりだって」

「そんな芝居に、銀四匁や五匁も出させるのかね」

「立ち見の八十文だってどうだか」

「まったくだ。三文役者じゃねえ」

そこまで話したところで、一人が直次に気がついた。

「おやおや、まあまあ」

間の悪そうな顔になった。他の者たちも直次に気がついて、慌てた様子でこの場から去って行った。

嫌な気分だった。

直次は、お路が赤甘藷を仕入れている青物屋へ行った。興行に当たって銀二十匁を出してくれたところだ。

店先にいた親仁が直次に気がつくと、向こうから近づいてきた。

「どうも、変な噂が広がっているよ」

「役者が、大根だという話ですか」

耳にしたばかりのことを話題にした。

「そうだよ。この三、四日で、急に広まってきた」

最初の金子も出さず、引き札も貼らせなかった者は、面白がって口にしているらしい。

「とんでもない。大根じゃあないですよ」

実際に一座の芝居を観た上で、話を進めたことを伝えた。

「それは分かっているけど、噂を鵜呑みにする人はいるからね」

もっともだと思った。噂には尾鰭《おひれ》がついて広がってゆく。

定之助の噂も瞬く間に広がった。こちらにとってまずいのは、前売りが始まったところで、そんな噂が広まっていることだ。

「気をつけなくちゃいけないよ」

それから直次は、問屋場にいる年寄役の藤右衛門を訪ねた。

「確かに、そういう噂が広がっている。これからだというのにな」

渋面を拵えた。

「どこから広がったのでしょうか」

大隅屋文太夫一座の芸を疑う者は、先月まではいなかった。悪意が潜んでいるようにも感じた。

「噂も七十五日というが、それでは芝居は終わってしまう」

「はい」

そんな話をしているところに、恩間が姿を現わした。直次は事情を伝えた。

「何者かが広げたな」

聞き終えると、すぐにそう返された。

「やはりそうですか」

「これ以上、広げさせるわけにはいかない。噂をまいたやつを、炙《あぶ》り出すしかないな」

「はい。捨て置けません」

「様子を見ているだけでは、火は消えぬ。燃え盛るばかりだ」

恩間が言った。

二

恩間は、一座が大根だという話を巣鴨町で聞いたそうな。

「ならば、板橋宿と巣鴨界隈で噂が広まっているわけですね」

直次は返した。引き札を貼った地域としては近場だ。比較的遠いところからは求めてくる者がいた。噂が伝わっていないからか。

「そういうことを広めるのは、人の集まるところからだ」

直次はそれから一人で、引き札を貼らせてもらっている顔馴染みの茶店へ行った。ここでも一座の役者の芸について、話題になったことがあるとおかみが話した。

「最初に聞いたのは、前売りが始まったと聞いた三、四日目のことだったねえ」

それなりに人がいたところで、一人のお客が、一座の演技に対してあれこれ言い始めたのだとか。

「あたしもいろいろ芝居を観たが、文太夫一座の芝居はやめた方がいい。大根ばかりで芝居に華がない。あんなものに銀四匁や五匁を出すのはもったいない。三文で充分だ」

周りにいた者たちに、しきりに話していた。

「役者みたいに話が上手でね。しかも詳しかった。だから聞いていた人たちは引き込まれていって」

女房が言った。

「話した男の歳は、どのくらいで」

「四十前後だったかねえ」

もともとは男前だったと思われるが、若干荒んだ気配があるとのことだ。

「中村屋久米右衛門だな」

と予想がついた。決めつけはできないが、やりそうだった。引き札剝がしがなくなったと思ったら、次にやって来たのがこれだった。

「大隅屋文太夫一座の芝居は、芝神明宮では好評を博していました。木戸銭に見合う芸を披露しますよ」

そう伝えてから、直次は巣鴨町へ足を延ばした。

「ええ、一座の話をしていた人がいた。大根畑だって、聞いていた人たちを笑わしていたっけ」

一膳飯屋の女房の話だ。ここでも久米右衛門とおぼしい男が、何軒かの店で、それらしい話を声高にしていたことが分かった。

それから直次は、音羽へも足を延ばした。護国寺《ごこくじ》の門前町だ。

昨日は隠居ふうの老爺が、ここから買いに来た。噂を聞いてはいない様子だった。引き札を貼らせてもらっている蕎麦屋へ行った。

「ええ来ましたよ。少し前に来て、一座の悪口を言っていました」

かけ蕎麦を食べたそうな。聞いていた客は面白がって聞いたが、板橋宿で興行があることを知らない者の方が多かったとか。

このあたりまで、足を延ばしてきたのだ。

客足が途絶えてきた。大根役者の集まりだと噂を広めたことが、功を奏したと考えたのだろう。耳にした男の外見からは、久米右衛門だと察せられた。

少し前というから、通りに出て周囲を見回した。引き札を貼らせてもらった甘味屋には姿がなかった。

江戸川橋の周辺は、関口界隈になる。そのあたりにも、引き札を貼らせてもらっている。直次はそちらへ向かった。

「ひっ捕らえて、二度とふざけた真似ができないようにしてやる」

怒りに燃えている。当分は歩けないように、足の骨くらい折ってやるつもりだった。橋を渡り終えた二十間ほど先に湯屋がある。そこにも引き札を貼らせてもらっていた。そのあたりを歩いている男の後ろ姿に見覚えがあった。

「いたじゃねえか」

言い終わらないうちに、直次は走り出していた。

「逃がしはしねえ」

しかし走り出したところで、久米右衛門が顔を向けた。直次だと気づいたらしく、慌てた表情になった。反対方向へ駆け出した。

「待ちやがれ」

直次は叫んで、速力を上げた。炎天などものともしない。しかしもともと距離もあって、捕らえることができなかった。向こうも必死だったのかもしれない。逃げ足の速いやつだった。

直次はそれで松丸屋へ戻った。そこには君之助がいた。君之助も、悪い噂を聞いていた。

「ばらまいているのは久米右衛門のやつだと思いましてね、蕨宿へ行ってきました」

岩津屋の様子を見に行ったのである。

「久米右衛門は、今も逗留しているんですかね」

傳左衛門は、出て行ったと話していた。

「そこが気になって行ったんだが、引き札を破ったときに出て以来、戻ってはいないようだ」

「勝手にやっているのでしょうかねえ」

「そんなことはないよ。きっとどこかで、傳左衛門から指図を受けているんだ」

喜兵衛の言葉に、お路が返した。決めつける言い方だ。直次も同感だった。

「まだ、悪い噂を広げるんだろうか」

「やるかもしれませんね。ただ今日のことで、直次さんにばれたと思っているでしょう」

「ならばもう、ないかもしれないけど」

これはお久の希望だ。不安は残る。

「ただとことん邪魔をするならば、他の何かをするかもしれねえ」

君之助の言葉に、直次は頷いた。

六月も半ばを過ぎる頃、文殊院の境内に芝居小屋が建てられた。暑い夏が続く中でだ。境内は、蟬の音に包まれている。

「仮小屋とはいっても、なかなかのものだ」

様子を見に来た慈雲が言った。小屋の中も検めた。立派な舞台になっている。その裏手には、楽屋ができていた。

「雨のときは、天井に幌をかけます。暗くなりそうですね」

心配性の喜兵衛が呟いた。そこへ定之助が、お路と姿を現わしたのには驚いた。何をしに来たのかと直次は驚いたが、その思いは口にしなかった。

「天候次第では、舞台が見にくくなるかもしれないね」

定之助は屋根を見上げながら、お路に言った。そして続けた。

「私は、室内用の提灯を出させてもらいます」

その言葉を耳にした直次は、さらに仰天した。

「提灯には、下野屋の屋号を入れさせてもらいますがね」

宣伝にするという意味だ。とはいえ、定之助は興行に協力をすると告げていた。

「ありがたい」

直次は定之助に頭を下げた。わだかまりがないではないが、好意だと感じた。もちろん自分にではないが、それでかまわない。恩に着せるのではなく、宣伝にするのはこれまでと違う。

直次にはわずかに頭を下げたが、何かを言ったわけではなかった。定之助が引き揚げた後で、お路が言った。

「あの人は意地っ張りだから口にはしないけど、気持ちのどこかでは直次さんに助けられたと思っている」

「街道に現われた盗賊のことですか」

「それだけじゃない、引き札を剝がしたとき。私たちは、あの人を疑わなかった」

「なるほど」

あの噂は、今となっては誰も口にしなくなった。役者の質が悪いという噂も、少しずつ収まってきた。前売りの売れ行きは、いく分回復してきた。

「いい意味での噂が広まれば、客足は増える」

君之助の言葉に期待をした。

三

絵看板や役者の名を記した木看板も並べた。もちろん大看板は、法界坊を演ずる文太夫が見得を張っている絵だ。堂々としたものだが、前に一座が使ったものを再利用している。

「どうです。たいした迫力でしょう」

「一度使っていても、古さを感じませんね」

誇らしげに言う君之助の言葉に、直次が応じた。だいぶ小ぶりになるが、他の主だった役者の絵看板もあった。

金子を出した人たちの名も、長い板に記して木戸口の脇に掲示した。

「こうすれば、金子を出した者は満足をするだろう」

様子を見に来た午拾が言った。

「芝居が好評となれば、寄進の金子はさらに増えるぜ」

「そうだといいねえ」

君之助の言葉に、喜兵衛が続けた。


七月になって、前月の興行を終えた大隅屋文太夫一座の面々は、板橋宿に入った。諸道具を積んだ荷車には、色幟を立てていた。

「おおっ。来たぞ」

声が上がって、通りへ人が出てきた。旅人は振り向いた。子どもたちが何か叫びながら、後について来た。興奮気味で、なかなかに楽しそうだ。

宿舎は、もちろん松丸屋を使う。この宿泊については、松丸屋は請求しない。これは初めからの条件だった。食事は、一座で自炊する。

文太夫ら一座の者は、まずは小屋へ入った。

二日目は、昼まで一座は舞台での稽古を行った。そして午後は、宿内で『お練り』を行った。紋服姿の文太夫が、沿道の者たちに愛想よく手を振る。その周囲では、一座の役者たちが色幟を立て、鳴り物を鳴らした。

三味線や太鼓の音が、街道に響くのは新鮮な印象だった。

小屋の入口に立てる絵看板も、かざしながら歩く。炎天で強い日差しだが、文太夫を始めとする一座の者は、それを感じさせなかった。お練りの行列が鳴らす音が、降り落ちてくる蟬の音に絡んだ。

木漏れ日が、ちらちらと道で輝いている。

「おお、なかなかの貫禄《かんろく》じゃないか」

宿場の者が街道へ出てきた。文太夫のことを言っている。

「お芝居って、なあに」

幼い子どもが、手を引いた婆さんに尋ねた。とはいえ、街道が人で埋まるほどではない。一時は、大根ばかりと噂をされたことも影響しているだろう。

大繁盛という気配はなかった。

三日目も、午後から『お練り』を行った。昼前は、稽古をしていた。

宿内をくまなく回ったことになる。『お練り』の評判はまずまずだった。

「文太夫さん、なかなかの男前じゃないか」

「行ってみようかね」

という声が聞こえた。

前には相手にしなかった飯盛り女を置く旅籠の主人が、三両の祝儀を持って来た。返さなくていい金子だ。思いがけないことで、ありがたかった。

早速、屋号と主人の名、金高を、木戸口前の板に書き入れた。

「掌《てのひら》を返したようですね」

「興行が盛り上がれば、もっと祝儀の額はふえるぜ」

「そうなるでしょうか」

「まあ、これからだな」

君之助はそう言った。いよいよ明日が、初日の開幕となる。

暮れ六つの鐘が鳴る頃、最後の稽古を終えた一座の者たちが引き揚げていった。

それから、直次は、お路と誰もいなくなった小屋の中を検めた。

貸し座布団の用意も済ませてある。桟敷の隅に重ねられていた。

「きっと、うまくいくよ」

己に言い聞かせるように、お路が言った。二人で小屋から出た。

外はもう真っ暗だ。このとき直次は、灌木《かんぼく》の繁みの中で、風もないのに枝葉が揺れる気配を感じた。気になったので、お路には先に帰らせた。小屋には大道具や小道具が置かれている。衣装の類もだ。盗まれてはかなわないから、小屋に泊まり込む座員もいる。

直次も残って、様子を見ることにした。

「おや」

しばらくして、焦げ臭いにおいがした。様子を見に外へ出ると、小屋の一部から炎が上がっていた。

赤々と燃えて、炎が迫ってくる。炎が材木を舐める音が聞こえた。火の粉が飛んでくる。

「付火だぞ」

直次は叫んだ。泊まることになっていた座員や、文殊院の僧侶と小坊主たちが飛び出してきた。

「消せ。水をかけろ」

井戸から桶《おけ》の水が、手渡しで運ばれた。

ばさりばさりと、炎に向けてぶちまけてゆく。付火をした者の動きが気になるが、それどころではなかった。

運ばれてくる水を、かけ続けた。

幸い発見が早かったので、建物の一部を焼いただけで済んだ。焦げたにおいがしたが、一晩風に吹かれれば、消えると思われた。

「これならば、明日の興行には差し障りはないぞ」

直次は胸を撫で下ろした。

「それにしても、火をかけるなんて」

話を聞いたお路は、駆けつけてきた。悔し気に、顔を歪めさせた。付火をした者を炙り出したいが、それどころではなかった。一夜明ければ、興行の初日となる。その夜は、直次も君之助も泊まり込んだ。

四

そして翌日、興行の初日となった。さすがに再度の付火はなかった。けれども火をつけた者を捕らえることはできなかった。

大まかな見当はついたが証拠もないし、居場所の見当もつかなかった。公演の邪魔をしようとしたことは明らかだ。

宿場の年寄役の藤右衛門には、放火の件を伝えた。

「付火でも、すぐに対処ができてよかった」

藤右衛門は、安堵の顔で言った。

木戸番には、君之助が当たった。前売り札や当日札を受け取る。今日からは前売りの割引料金ではなく、桟敷ならば銀五匁を取る。

お久と喜兵衛は、客の接待に当たった。お路は小屋の横で、蒸かし芋を売る。

座員以外の泊り客のいない松丸屋は、閉じていた。

「さて、客足はどうか」

わくわくする気持ちと不安が混じり合う中で、直次は文殊院の山門の扉を開けた。すでに外では、十人ほどが開門を待っていた。

「ようこそ、お越しいただきました」

君之助が木戸札を受け取って、小屋の中に入れて行く。そして刻限になって、柝の音が響いた。ざわついていた場内がしんとなって、幕が開いた。

この時点で入っていたのは、桟敷席が六十七人、向こう桟敷は九人だった。桟敷席の六十七人は、引き札を貼った者と、前売りを買った者だけだった。

当日の木戸札を買って入った者は、一人もいなかった。

「こんなものでしょうか」

「今日芝居を観た人たちが、どう話すかだな。これは大きいぞ」

直次の問いに、君之助が答えた。

芝居の途中で、恩間が姿を現わした。直次は、放火の一件を伝えた。

「いよいよあいつらも、本腰を入れてきたな」

話を聞いた恩間は、そう返した。

「はい」

付火は捕らえられれば重罪だ。それでもやってきたのは、腹を据えているということだ。

「とんでもねえことをしやがって」

それから直次と恩間は、すでに芝居は半ばを過ぎていたが桟敷の中に入った。

舞台の文太夫や一座の役者たちの芝居に見入った。法界坊『隅田川続俤』のあらすじは聞いていた。ときおり笑いが起こる。文太夫の法界坊は迫力があって、見事だった。

終わると、拍手が起こった。

「悪党でも、法界坊は愉快だった」

「ええ。焼きもちを焼く娘の気持ちも、よく分かった」

見終わった客たちは、満足の様子で引き上げて行った。

「なかなかの芝居だった」

恩間が言った。恩間は三座の芝居を、何度か見たことがあると言った。

「劣るものではないぜ」

と付け足した。

「これならば、評判になるだろう」

「そうなってほしいものです」

「ただ、付火のやつらだが、このままで引くと思うか」

「いえ」

そこで直次と君之助は、小屋に寝泊まりすることにした。小屋を焼かれてはかなわない。

「おれは、捜し出すつもりでいるぜ」

恩間は四宿見廻りとして、付火の探索をすると言っていた。寺社内の出来事でも、宿内のことならば、手を出すし口も出すという話だ。

翌日の客の入りは、初日よりも減って桟敷席が五十一人、向こう桟敷は六人だった。桟敷席は、全員前売りや引き札を貼ったところからの客だった。

とはいえ幕が下りるときには、大きな拍手が起こった。

「法界坊は悪党でも、憎めなかった。文太夫って、なかなかの役者だねえ」

「まったくだ。場面によって凄味が出たり、ひょうきんになったり。楽しませてもらった」

客たちは、芝居の内容について満足そうに話しながら帰って行く。

この日は、定之助も姿を見せていた。あいかわらず直次とは目も合わせなかったが、お路には「面白かった」と告げたそうな。

そして三日目には、目に見えて客が増えた。桟敷と向こう桟敷を合わせて八十六人入った。前売りや引き札の客だけでなく、当日の木戸札を買って入った者が十二名いた。

「す、すごいじゃないか」

喜兵衛は興奮気味に言った。この日は、藤右衛門と午拾が観に来た。

「楽しませる勘所が分かっている。笑わせるところは笑わせるが、見得を切るところは、なかなかの迫力だった」

「文太夫というのは、なかなか味のある役者じゃねえか」

観終わった、二人の感想である。

そこへ、恩間が姿を見せた。

「付火をした者だがな、周辺を当たってみた。それらしい者を見たという者を一人探すことができたぞ」

仕出し屋の小僧で、旅籠まで配達をした帰り道でのことだという。

「顔を見たのですね」

「暗がりだが、提灯があったので見えたらしい」

さすがに恩間の働きだと感心した。

「そいつは、何者なのでしょうか」

「宿の者ではない。歳は三十から四十半ばくらいに見えたそうだ」

だいぶ幅がある。突然のことだから、注意をして見たわけではないだろう。

「久米右衛門がいたら、顔を見させるところだがな」

恩間は、いかにも不快そうな顔になって言った。警戒は続けるとか。しばらくは、板橋宿に気を配ってもらえる。

五

四日目、この日も八十人を超した。これまでは引き札を貼ってくれたところや前売りの客が多かったが、当日買いの客が半数近くに増えた。

「これは大きいぜ」

君之助が言った。

「幕が開いたら、あっという間に引き込まれた」

「大根役者とか言っていたけど、全然違うじゃないか」

評判は上々だった。

「ほんの少しだが、納めてもらいましょう」

新たに祝儀を出したいとする宿内の商家が、四軒現われた。合わせて八両と銀三十匁になった。さっそく木戸脇の板に、屋号と金高を書き入れる。

「もっともっと、増えてほしいですねえ」

と喜兵衛が相好を崩した。

文太夫に祝儀を渡す者もいる。それは掲示の板には書き入れない。演技に対する評価だ。文太夫の懐に入る。

「たいしたものだ」

と直次は思う。

「また付火があったら、かなわないからな」

直次と君之助は、小屋に泊まり込んでいる。境内での夜回りは欠かさない。そして思いがけない客が小屋へやって来た。顔を見て、少しばかり驚いた。

岩津屋傳左衛門である。

「繁盛の様子で、何よりじゃないですか」

観終えた傳左衛門は、愛想よく喜兵衛に話しかけた。

「お陰様で、どうにか」

傳左衛門の腹の底は分からないが、喜兵衛は答えた。

「見事な役者ですな。あれならば、客を呼べる」

感心した口ぶりだった。他にも何か言うかと思ったが、何もなく、それで引き上げて行った。

木戸口近くで売るお路の蒸かし芋は、繁盛している。観劇しながら食べるのだ。直次のもとに、境内の小屋近くで心太《ところてん》を売らせてもらえないかと頭を下げてきた者がいた。売り上げの二割を出すと言った。

慈雲にも、話を通しておく。二割のうち、一割ずつを受け取ることにした。初秋とはいえ残暑の折で、冷やした心太はよく売れていた。

さらに三日が過ぎた。観客は九十人を超すようになった。

「このまま評判が上がれば、満員札止めになりますよ」

喜兵衛が言った。ほくほく顔だ。桟敷百二十人、向こう桟敷三十人以上は入れないから、そうなる日も遠くないと感じた。

ただ芝居は観ないが、境内の様子を窺いに来る者が増えてきた。場合によっては観劇をするかもしれない者たちだから、邪険に追い返すわけにはいかない。ただその中には、目つきのよくない者もいた。

「あいつらの中には、掏摸《すり》も交じっているぞ」

午拾は、暇ができると顔を見せる。

芝居がはねた頃、恩間も姿を見せた。

「今日も、なかなかの入りだったな」

帰って行く客たちの様子を見ていた。

「皆、満足そうなのがよい」

「ええ。このまま いってほしいです」

「しかしな、こういう時こそ、油断がならねえぞ」

化粧を落とした文太夫は、一座の者たちに今日の芝居について注意を与える。

これは毎日のことだった。

それが終わると、若い座員二名を連れて、宿舎にしている松丸屋へ引き上げる。他の座員は大道具や小道具を片付けて、明日の芝居に備える。衣装もきちんと畳む。明日、すぐにでも袖を通せるようにしておくのだ。

先に宿に入った若い座員は、食事の用意だ。

この日は風がいつもよりも強かった。

「火が出たら、たちまち広がるぞ」

恩間は、文殊院周辺の家々に付火について注意を促すために、文太夫が座員に指導をしているときに寺を出て行った。

「お疲れさまでした」

すでに暮れ六つの鐘が鳴った後で、直次は山門で引き上げる文太夫らを見送った。座員は、提灯を手にしている。文太夫と二人の座員は、夜の移動では脇差を腰に差し込んでいる。近頃は、日が落ちるのが早くなった。

「おや」

見送っていると、複数の黒い影が動くのが見えた。文太夫らをつけて行くように見えた。誰一人明かりを持たず、闇に紛れ込んでいるようだ。

不審に思った直次は、近くにあった薪《まき》ざっぽうを手にして後をつけた。何事もなければそれでいいという気持ちだった。

一時賑わった街道だが、この刻限になると松丸屋のある上宿あたりは人気《ひとけ》がなくなる。黒い影は六つで、その内の二人は二本差しだと分かった。

文太夫らをつけているのは間違いない。直次は手にある薪ざっぽうを握り直した。

彼方《かなた》に松丸屋の姿が見えてきた。すでにお路らは戻っているので、軒下には明かりのついた提灯が下げられている。一座の者たちを迎えるための明かりだ。

板橋を渡り終えたところで、六つの影が文太夫らに躍りかかった。二人の侍は刀を抜いている。浪人者のようだ。

文太夫と二人の座員も脇差を抜いた。提灯は投げられ、ぼうと燃えた。

「ふざけやがって」

直次は、握った薪ざっぽうを振り上げて駆け寄った。破落戸ふうの四人は、抜身の長脇差《ながわきざし》や匕首を握っていた。

付火ではなく、文太夫を襲ったのである。文太夫が怪我でもさせられたら、舞台に立てなくなる。とんでもない話だ。

浪人者の一撃が、文太夫の脳天を目指して振り下ろされた。

文太夫は、怯んではいなかった。襲って来る刀身を、脇差で払った。そして動きを止めず、賊の小手を突こうとした。

予想していた動きなのか、相手はそれを避けた。

このときもう一人の浪人者が、文太夫の斜め後ろから斬りかかった。二の腕を狙う一撃だ。

二人がかりではどうにもならない。ざっくりとやられそうになったが、飛び込んだ直次が、薪ざっぽうでその刀身を撥《は》ね上げた。

浪人者が、二人がかりで文太夫に刃を向けた。直次は怒りで体が震えそうだった。

「このやろ」

休まず薪ざっぽうを振り上げた。剣術の稽古などしたことはないが、棍棒《こんぼう》や薪ざっぽう、天秤棒《てんびんぼう》を手にしての喧嘩ならば、これまで数えきれないほどしてきた。相手が侍でも、負けはしない。

直次の一撃は、浪人者の肩先を狙っていた。

「腕の骨を、砕いてやる」

と思っていた。

相手は振り下ろした薪ざっぽうを、刀身で躱《かわ》した。反応は速かった。動きを止めずに、直次の小手を突く動きに変わった。至近からの攻撃だ。

直次は体を、斜め後ろへ飛ばした。切っ先が、迫ってくる。これを撥ね上げた。勢いづいた相手の体が、直次の肩にぶつかって交差した。ぐらついた体を立て直すべく、足を踏ん張った。

ただ動きを止めるわけにはいかない。すぐに振り返ると、向こうも体を向けて、身構えるところだった。

互いに動きを止めず、前に踏み出した。

ほぼ同時に、相手の切っ先がこちらの喉首を目指して突き出されてきた。無駄な動きはない。狙いは定まっていた。

直次は斜め前に利き足を踏み出した。体をぶつけるような気持ちで近付いて、相手の刀身を叩き落とすつもりだった。

向かって来る切っ先が、わずかに角度を変えた。

こちらは侍の攻撃を、怖がってはいない。その気迫が、動きを鈍らせたのかも知れなかった。

直次は薪ざっぽうを、前に突き出した。相手の肘を打つ狙いだ。けれども相手は、その動きを見透かしていたように、刀身の動きを変えていた。

切っ先が、こちらの肩先を突く動きになっている。相手はこちらの気迫に呑まれたのではなく、ただ誘っていただけだと気がついた。

慌てたのは、直次の方だった。侍を舐めてはいけない。

切っ先は、肩の寸前まで迫っていた。体を傾けて、薪ざっぽうで相手の刀身を撥ね上げた。

ちりと微かな痛みが肩先にあったが、それだけだった。

直次は手にある薪ざっぽうを、相手の喉元目指して突き出した。位置として最短で攻められる場所だった。相手はそれを嫌がった。

体をわずかに捩《よ》じった。それで払おうとしたが、動きがわずかに遅くなった。

焦って振った刀身は、薪ざっぽうに突き刺さった。

慌てて抜こうとしたが、深く刺さっていた。

直次はその機を逃さない。前に踏み出すと、相手の下腹に渾身《こんしん》の力を込めた蹴りを入れた。

「ううっ」

刀の柄を握ったままだったから、避けることができなかった。相手は前のめりになって体をぐらつかせた。

その顔面に、直次は拳を突き出した。拳は侍の鼻と口に当たった。ぱっと血が噴き出して、薪ざっぽうから手を放した直次は、体を横に飛ばした。返り血を防いだ形だ。

すぐに横から、腹にもう一度蹴りを入れた。肋骨《あばらぼね》が折れたのが分かった。侍の体が、地べたに崩れ落ちた。

直次は、その浪人者の姿には目をやらない。文太夫や他の役者のことが、気になっていた。

文太夫は、次々に繰り出される刀身に追い詰められていた。防戦一方といった様相だった。体がふらついて、もう逃げようがない状況だ。

浪人者は、斜め上から刀身を振り下ろした。無駄のない動きだ。

「ああ」

もう、直次が飛び込んでも間に合わない。文太夫の命も芝居もここまでかと思ったが、新たな侍が現われた。振り下ろされた刀身を撥ね上げた。

誰かと目を凝らすと、恩間だった。付火の注意をするために、早めに文殊院を出ていたのだ。

恩間が現われたのならば、それでいい。直次は、連れ添っていた二人の役者へ目を向けた。役者も精いっぱい応戦していたが、相手が二人で苦戦をしていた。

直次は地べたに落ちている石を拾った。それを破落戸ふうの一人に、力を入れて投げつけた。

音を立てて飛び、それは男の肩に当たった。

このとき直次は素手だったが、破落戸ふうに躍りかかった。身構える間を与えず、左手で襟首を摑んで、右の肘を相手の顎に突き込んだ。

「うぐっ」

顎が外れたらしかった。破落戸ふうは体をぐらつかせて、その場から離れた。すでに戦意を失くしていた。

直次は、二人掛かりで攻められているもう一人の役者の助勢に入った。けれどもこのとき、文太夫を襲った侍の二の腕を、恩間が斬りつけたところだった。

「うわっ」

声が上がり、浪人者の刀が宙に飛んでいる。

これに気づいた破落戸たちは、その場から逃げようとした。直次はその中で、顔に布を巻いている男の襟首を摑んだ。この男だけ、身なりが他の三人と違った。破落戸というよりも、商人に近いと感じたのである。

腕を後ろ手に捩じり、地べたに転がした。顔の布を剝ぎ取った。久米右衛門に間違いなかった。

六

直次と恩間は、捕らえた久米右衛門と二人の浪人者、それに破落戸二人を文殊院の芝居小屋まで運んだ。破落戸の二人には逃げられたが、それは放っておくことにした。

芝居小屋の土間で、恩間が久米右衛門らに問い質しを行った。浪人者や破落戸は、久米右衛門から銭で雇われた者だった。

「しばらく、動けない体にしろと言われたのだ」

浪人者らは、恩間の問いかけにそう答えた。応急手当はしてやったが、尋問については容赦をしなかった。

殺すつもりはなかったにしても、舞台に立たせなくする目当てであることははっきりした。松丸屋に損害を与えるために命じたのである。浪人者や破落戸たちは、芝居の引き札を破ったことや放火については、知らないと答えた。

それから久米右衛門に当たった。

現場で捕らえられているので、襲ったことについては言い訳がきかない。公演の邪魔をしようとしたことは認めた。

「引き札を剝がすのを命じたり、悪い噂を流したりもしたわけだな」

「へえ」

隠しても仕方がないと思ったのか、その件についてもあっさりと頷いた。そして恩間は、さらに付火について確かめた。

「とんでもない。そんなことは」

これだけは、認めなかった。付火は重罪だ。

「ではどこにいた」

「駒込の旅籠に」

入れ込みの大部屋ではなく、一人で泊まる小部屋に逗留していた。

「そうか」

問い質しは、ここで一時中断した。恩間は、文殊院での付火があった夜に、不審な者を目撃したという仕出し屋の小僧を呼んでいた。

小僧が現われたところで、久米右衛門の顔を見させた。

「この人です。文殊院の方から、駆けてきました」

男は慌てていたので、ぶつかりそうになったとか。その言葉を聞いた久米右衛門は、体を震わせた。

さらに恩間は、問いかけを続けた。

「これは、誰かに命じられたのか。自分一人でやったことか」

肝心な尋問だ。

「一人ならば、ここまではしない。そもそも松丸屋には、恨みもなかった」

「では命じたのは誰か」

「蕨宿の、岩津屋傳左衛門だ。あいつから、銭を貰ったんだ」

「初めから文太夫を襲うつもりだったのか」

「そうじゃねえ。ただ芝居を観た傳左衛門は、このままでは興行はうまくゆくと踏んだんだ」

「なるほど。それで舞台に立てなくさせようとしたわけだな」

「そうだ」

岩津屋を出ていたが、宿内の旅籠に泊まっていた。連絡を取るのは、容易《たやす》かったとか。

早速、蕨宿から傳左衛門を呼び出した。

「ええ。久米右衛門のことは、知っていやすよ。少しばかりの間、置いてやったのも確かです。でもね、怪しげなやつなので追い出しました」

「あやつは、その方から命じられて、興行を潰すように動いたと話しているぞ」

「とんでもない。どうして私が、そんなことを」

するわけがないという口ぶりだった。いかにも驚いたという表情をしてから続けた。

「さんざん世話になりながら、ふざけたことを抜かしやがる」

腹を立てた言い方になった。

「嘘をつけ」

話を聞いていた直次は、胸の内で呟いた。恩間も同じ思いだろうが、流れ者の久米右衛門の証言だけでは、どうにもならない。

傳左衛門は、蕨宿を支える旦那衆の一人だった。

久米右衛門だけ江戸の牢屋敷《ろうやしき》へ運ばれる。付火を行った上に、人を襲っている。死罪は免れないだろう。悔しいが傳左衛門の方は、どうにもならなかった。他の捕らえた者は、宿内で処罰される。


翌日も、小屋の桟敷席は九十名を越した。そして向こう桟敷の方は、三十人の満員となった。

「何だい。入れないのかい。がっかりだねえ」

「そうですよ、せっかくやって来たのに」

すでに観た者から、評判を聞いたのである。大根などという噂など、吹っ飛んでいた。

「向こう桟敷のお客さんは、裏店の人たちですね」

お路が言った。八十文を握りしめて、やって来たのだ。芝居は、金がある者だけが楽しめばいいのではない。八十文の銭を拵えるのはたいへんだったにしても、それだけの価値があったのならば、無駄銭ではない。

「演目も、分かりやすかったのかもしれないよ」

これはお久の考えだ。

そして翌々日には、初めて満員札止めになった。

「直次さん、興行がうまくいってよかったねえ」

宿内で、冷ややかだった者の態度が変わった。幕間に、弁当を売らせてほしいと言ってきた者がいた。

ご祝儀を出したいという者も現われた。飯盛り女を抱えた旅籠の主《あるじ》や下落合村《しもおちあいむら》の豪農といった者たちだった。この額が馬鹿にならなかった。

次の日は、曇天で小雨も降った。日の出ない一日だったが、慌てることはなかった。幌をかけると、舞台も暗くなる。

「芝居はやるんだね」

「もちろんです」

「でも、よく見えるのかい」

「それについての、手抜かりはありませんよ」

見物客の問いかけに、直次は答えた。柝の音が入る前に、黒子たちが、一斉に提灯に明かりを灯した。十や二十ではない。

「おお。これならば、晴れの日と変わらないぞ」

定之助は、百張りの提灯を出した。屋号が記されているとはいえ、ずいぶんと奮発してくれた。そのお陰で、舞台が暗くなることはなかった。

百張りという数は、定之助が興行の価値を認めたからだと直次は受け取った。

そして晴天の日は、当日の木戸札を求める者が朝から並んだ。

「前売りを、買っておけばよかった」

と口にする者もいた。並んでも、向こう桟敷の席さえ買えない者が現われた。

ついに二十九日の楽日《らくび》になった。初めの頃は残暑が厳しかったが、すっかり秋らしい気候になっていた。吹いてくる風も爽やかだ。

この日も満員札止めになった。この日も、後から来て観劇できなかった者がいた。

札止めになった後で、直次とお路も舞台のそでから舞台と客席の様子に目をやった。客たちのざわめきの中に、期待と興奮があった。

柝の音が響くと、小屋内がしんとなった。観客たちが、物語に引き込まれてゆく。途中で掛け声が上がり、手を叩く場面がいくつもあった。

いよいよ最後の場面になった。

重要人物であるお組と要助が葱《しのぶ》売りに変装して逃れる途中、隅田川の土手で法界坊と野分姫の合体した怨霊《おんりょう》にとりつかれる。怨霊はいかにも恐ろしい形相をしていて、それこそがこの芝居の最後の見せどころだった。文太夫の迫力には、見ている者たちは息を呑んだ。衣装も一瞬にして黒から目もくらむような赤に変わった。

けれども怨霊は、観世音の尊像の威徳でついに消え失せる。その折の文太夫の演技は大げさなようにも見えたが、法界坊の豪胆さが表れて万雷の拍手が湧き上がった。

幕が下りた後も、しばらくは拍手が続いた。

その音に全身が包み込まれて、直次は少しの間、心地よさに身をゆだねた。

「また観たいねえ」

と告げた客がいた。名残惜しそうに引き上げていった。

「やってよかった」

「ほんとに。直次さんのお陰だよ」

「まったくだねえ」

直次の言葉に、お路といつの間にか傍にいた喜兵衛が返した。父娘《おやこ》の目にも、興奮があった。金銭面でも報われたが、それだけではない。

三人で楽屋へ行った。

「気持ちよく、やれましたぜ」

腰を下ろしていた文太夫が、わざわざ立ち上がって傍まで来て言った。眼差しにやり切った満足の思いが窺えた。

文太夫は座頭として、興行師の役割も担っている。十二名の座員を食べさせていかなくてはならないからだが、その前にこの人はやはり役者なのだと直次は考えた。

とはいえ金銭は大きい。文太夫は前金を含めて直次から百両を受け取るが、それだけではなかった。客からの祝儀を、毎日のように受け取っていた。

役者本人に渡すもので、直次らは関わらない。

「それなりの額になるんじゃないかね」

君之助が言った。

小屋は、明日にも解体される。

「何だか、寂しい気がするね」

「まったくだ。この小屋も、なくなってしまうんだねえ」

お路とお久が、小屋の外で話していた。いかにも名残惜しそうだ。駆け足のように過ぎた、この三か月だった。

七

七月の末日、直次と喜兵衛は、入った金子と出た金子の確認をした。収入は、木戸銭だけではなかった。片手で食べられて腹持ちも良いお路の蒸かし芋は、相当に売れた。境内の他の物売りからの利益は、慈雲と山分けをした。

総計で、二百両をやや超える額になった。

このうちから、文太夫への百両、文殊院の慈雲への二十両、小屋の建設や引き札の費用、貸し座布団の使用料などを払った。さらに金主となった者へは、一割の利息をつけて返金した。

働いた君之助にも、十両を与えた。

「これで東両国へ行って、姉の仏壇に線香をあげられる」

君之助は、いかにも嬉しそうだ。物貰いをしていた頃の面影は、もう微塵《みじん》もない。大隅屋文太夫一座で、座頭の補助役として興行に関わるのだとか。

「いやあ。直次さんならば、きっとうまくいくと思っていましたよ」

街道の茶店のおかみが言った。渋々、引き札を貼らせてくれた者だった。

「芝居帰りに、お茶を飲んでいってくれたからねえ」

饅頭も売れたらしい。

飯盛り女を置いている旅籠の主人も、上機嫌だった。

「帰りに、うちで遊んで行ってくれたからなあ」

松丸屋に残ったのは、二十九両と小銭といったところだった。七月の間、宿泊客を入れられなかった。その分の実入りはない。

「それでもありがたい。世話になったねえ」

喜兵衛は直次に頭を下げた。

「直次さんが現われたのは、福の神みたいだった」

お路に言われたのは、嬉しかった。

「もし興行をしくじったら、身売りも辞さない覚悟がありましたね」

二人だけだったので、直次は胸にあった問いかけをした。今だから話せることだ。興行をする前と比べて、お路が近く感じるようになった。

「うん。松丸屋は、潰すわけには行かないから」

「自分が生まれた家だからですか」

「いや。自分が生まれた家ではないからさ」

思いがけないことを口にした。

「どういうことで」

「あたし、貰われてきた子なの」

「ほう」

喜兵衛の妹の子だったのだとか。両親を流行病で失い、子のない喜兵衛夫婦に引き取られた。

「実の子みたいに、育ててくれた」

そのことに恩義を感じてのお路の思いだと知った。

「でもこれは、内証。おとっつぁんとおっかさんは、私がそのことを知っているとは思っていない」

「分かりました」

「直次さんだから、話したの」

お路は、どこかすっきりした表情になっていた。

正午過ぎになって、直次は喜兵衛と共に蕨宿へ向かった。岩津屋傳左衛門のところへ行って、二十一両の返済をおこなった。

「もっと、使っていただいていてもよかったんだがねえ」

傳左衛門は、不満そうに金子を受け取った。返された借用証文は、破いて荒川にまいた。

残ったのは、八両だった。

「直次さんに受け取ってもらいたい」

喜兵衛が言った。行きたいところがあるならば、それを持って行けばいいと付け足した。

「いや、松丸屋のために使っていただきましょう。あっしはここへ置いていただけるだけでありがてえ」

これは直次の本心だ。

松丸屋には、他にも少額の借金があった。その八両で、完済となった。

興行をする前は、宿内の者たちからは、「いてもいい」といった程度で接せられていた。けれどもこの数日は、様子が変わってきた。それは居心地が良いものだった。古くからいる者として扱われるようになった。

一目置かれるようになった。

定之助には、提灯を出してもらった。その礼は、直次の口からもした。

「せっかくやるんだからねえ」

あっさりとした返事だった。直次に親しみがあってのものではないのは、明らかだ。けれどもそれで不満はなかった。

さらに三日後、藤右衛門と午拾が松丸屋を訪ねて来た。喜兵衛とお久は、唯一床の間のある客間に二人を通した。

直次とお路が呼ばれた。

お久はいそいそとして、茶菓を運んだ。何事かと思っていると、藤右衛門が口を開いた。

「これで松丸屋も、一息ついた。何よりのことだ」

「まったくだ。これからどうなるかと、思っていたぞ」

午拾が続けた。

「直次さんは、いつの間にか、松丸屋にはなくてはならない人になった」

「うん。いかにもそうだ」

「そこでだ、直次さん。あんたこの家の人になってはどうか」

「えっ」

藤右衛門は、何を言っているのかと思った。

「お路さんと祝言を挙げればいいのさ」

午拾の物言いは直截だった。躊躇う様子が、微塵もない。

「ええっ」

体が飛び上がるかと思うほどびっくりした。

「ま、まさか」

お路を女房にするなど、考えもしなかった。

「不満なのか」

午拾が返した。困った直次は、喜兵衛とお久の顔を見た。お路の顔は、とても見られない。

二人は、笑顔を向けていた。それで気がついた。どうやら喜兵衛とお久は、すでに藤右衛門や午拾と打ち合わせをしていたらしい。

「不満だなんて。むしろもったいねえ」

直次はやっと答えた。

「お路さんは、どうかね」

藤右衛門が問いかけた。

「私は、嬉しい」

はっきりした返事だった。

「ああ」

直次は呟いた。自分の体が震えたのが分かった。

「ありがてえ」

と答えていた。

「そうかい。ならばこれで決まった」

藤右衛門は満足そうに言い、午拾は大きく頷いた。直次はお路と祝言を挙げて、松丸屋の婿になることになった。

「善は急げと言いますからな。祝言は三日後にも行いましょう」

「それがいい。忙しくなるねえ」

喜兵衛の言葉に、お久が続けた。
直次はここで、初めてお路の顔を見た。
目が合った。
先ほどははっきりとした返事をしたが、今は恥じらいの目を向けていた。

※本作はフィクションです。登場する人物・団体・事件等は、実在のものとは必ずしも一致しません。

小学館文庫
好評既刊

めおと旅籠繁盛記

千野隆司

ISBN978-4-09-407346-1

賭場検めの騒ぎで重傷を負った無宿者の直次《なおじ》は、逃げた先で、図らずも板橋宿の旅籠「松丸屋《まつまるや》」の娘・お路《みち》を助ける。主人のお人好しが災いし、今にも潰れそうな松丸屋だが、さらに近頃は追剝が出没するせいで、町全体が寂れ始めているという。怪我の完治まで松丸屋を利用してやろうと考えた直次だが、居心地は悪くない。余所者を警戒する住人も多い一方、直次の働きを認める者も出てきた。いよいよ追剝の行状が激化するなか、直次は、道中奉行の命を受けた江戸四宿見廻り役・恩間《おんま》と共に解決に乗り出す——。無宿者が旅籠を盛り立て、帰る場所を作ってゆく奮闘の物語。

小学館文庫
好評既刊

花蝶屋の三人娘

有馬美季子

ISBN978-4-09-407446-8

南町奉行所の狼こと、定町廻《じょうまちまわ》り同心の沢井勝之進は行きつけの水茶屋〈花《か》蝶《ちょう》屋〉に顔を出した。人気絵師殺しの探索に手こずり、一息つきたい——のは口実で、お目当てのお蘭に逢いたいのだ。お蘭は看板娘のひとりで、清楚な十九才。艶っぽい二十一才のお藤、お転婆な十七才のお桃と一緒に働いている。お蘭は勝之進にお茶を淹《い》れつつ、素知らぬ顔で探索具合を聞き出すが、のぼせ上っている勝之進は何も気付かない。なんと三人娘は、自分たちの仇を捜しながら、頼まれれば他人の復讐も引き受ける仇討ち屋〈闇椿《やみつばき》〉なのだ！　意外な真相を摑んだ娘たちに危機が迫る⁉

小学館文庫
好評既刊

土下座奉行

伊藤尋也

ISBN978-4-09-407251-8

廻り方同心の小野寺重吾はただならぬものを見てしまった。北町奉行所で土下座をする牧野駿河守《するがのかみ》成綱《なりつな》の姿だ。相手は歳といい、格といい、奉行よりうんと下に見える、どこぞの用人。なのになぜ土下座なのか？　情けないことこの上ない。しかし重吾は奉行の姿に見惚《みと》れていた。まるで茶道の名人か、あるいは剣の達人のする謝罪ではないか、と……。小悪を剣で斬る同心、大悪を土下座で斬る奉行の二人組が、江戸城内の派閥争いがからむ難事件「かんのん盗事件」「竹五郎河童《かっぱ》事件」に挑む！そしていま土下座の奥義が明かされる——能鷹隠《のうよういん》爪《そう》の剣戟《けんげき》捕物、ここに見参！

―本書のプロフィール―

本書は、小学館文庫のために書き下ろされた作品です。

小学館文庫

柝《き》の音《おと》響《ひび》く
めおと旅籠繁盛記《はたごはんじょうき》

著者　千野隆司《ちのたかし》

二〇二五年四月九日　初版第一刷発行

発行人　庄野　樹
発行所　株式会社 小学館
〒一〇一-八〇〇一
東京都千代田区一ツ橋二-三-一
電話　編集〇三-三二三〇-五九五九
　　　販売〇三-五二八一-三五五五
印刷所――――中央精版印刷株式会社

ISBN978-4-09-407452-9